INK

馬森小說集①

巴黎的故事

編輯弁言

一派自持與溫雅的文風，字如其人，看似沒有激揚之情，但其內省與自覺的泉源，卻是汩汩湧升無休。馬森所創作的文學，是要不斷掘深那窪拋棄傳統禮教束縛、脫離西方宗教原罪觀後，個人自由與存在意義的活井。

視似卡繆《異鄉人》人際疏離、缺乏社會實存感的莫名所以；也像卡夫卡的《變形記》，將想像附生於動物，拉低人的位階正視生物本質；也有湯瑪斯曼《魔山》中說理論辯的形式，由陷於困境的角色直抒胸臆。在馬森的小說語法中，不難看見西方現代主義與存在主義的哲理邏輯，使其文本透顯不同於其當代小說的興味，不論在形式及題材上，表現出濃烈的前衛實驗性格。

最早的《巴黎的故事》，以人類學田野調查之心，就文學之筆寫成，竟能擴及不同膚色的族群，堪稱現代文學中極難得見的異鄉底層人物的生活面貌實境；反應其巴黎生涯的《生活在瓶中》，則企圖追隨意識的流動，觀照「反省」與「解悟」對人的意識所產生的作用。《北京的故事》以中國文革為背景，是寓言，也是殘酷劇場；《孤絕》即為Isolation，說出繁華現代社會中，個人心靈的荒瘠之感；《海鷗》思索背叛自然享有絕對自由的人類，所背負的重擔；最為人知的《夜遊》，則像是對年輕的靈魂投下了震撼彈般，「不要活過二十歲」，是怎樣惡狠狠的慘綠年少，是怎樣的對青春年華的眷慕啊！《M的旅程》以其擅長的象徵手法，外在變形、轉換時空，內心背離原鄉卻又負疚；《府城的故事》則終於回到台灣，一生漂流後，他選擇記錄台灣，已是老人的故事。

作家不免漸老，文字卻能代代如新，尤其經典之作，在當初時代或許並不被多數人接受，卻在時間推移後顯出其孑然風華。為免遺珠之憾，我們將整理「馬森小說集」八部作品出版，依寫作時間序列，讓讀者看到這位走在文學之河先端的作家，如何在齊河、濟南、北京、淡水、宜蘭、大甲、蘇澳、台北、巴黎、墨西哥、溫哥華、倫敦、台南的不斷播遷流離的生涯中，在中文、日文、法文、西班牙文、英文等不同的語境與文化範疇裡，創造出一個個不停想、不停看、不停要掙出人世重圍的人物，及他們的故事。如高行健所說：「畢竟是神遊的馬森，毫不戀棧，東方西方，來去自由，何等瀟灑！」毋論作家優游何處，那口源源不絕探求生命底線的深井，則會繼續留在他的小說裡，留在台灣，待讀者掬飲。

目錄

附錄

總序

過去所寫的小說，在長達三十多年的時光中，曾分別由多家出版社或出版公司出版（注），實在是太分散了。如今，這些已經出版過的小說和尚未曾結集出版的《府城的故事》一書，都委託印刻出版公司出版，看起來似乎成為一系列的小說了。對作者而言，增添了紀念的情懷；對讀者而言，提供了尋書的方便。

我的專職本在教授和研究有關文學的諸課題，首先需要學術著作以符學府的期待；文學創作只是我的副業，但實際上卻可能花了我更多的心血。我常稱自己是一個週末作家，一週有五天獻給了學院，只剩下兩天供我自由運用，這兩天成為我最寶貴的時間。當然，學院中較長的寒暑假，除去必要的旅行外，也平均分配在研究與寫作之上了。在我結集成書的創作中，劇作與少數的散文集以外，就數小說了。小說對我的吸引力與劇作一樣大，其實二者除了形式體制上的差別外，情節、人物、思想、修辭各方面有許多互通的地方，這正是為什麼常常小說作家兼及劇作或劇作家兼及小說的原因。

有幸生活在一個動盪的大時代，可資寫入小說的題材俯拾皆是。然而問題不在題材，而在如何寫。文學史顯示出大時代不一定創造出偉大的作品，平常時代也不一定不會產生出色的小說，問題端在作者的識見和筆下的功力。拿破崙侵俄之戰固然促生了托爾斯泰的《戰爭與和平》，我國的八年抗戰，也算得了一個大時代，到目前卻還未出現亮目的鉅作。相反的，《紅樓夢》與《追憶似水年華》都產生在平常的日子，可見人生中無時不是創作的素材或源泉。

我一生在世界各地流徙不止，輾轉於亞、歐、美三大洲之間，持續經受著異文化的衝擊和挑戰，養成了對付外在環境的耐力，同時也使我有機會領略到異國風俗與語言的不同韻味，在深感不虛此生之餘，對我的寫作自然會增添一些顏色。

幼年頗受五四一代流風遺韻的薰陶，醉心於寫實主義，到了大學時代趕上二度西潮的現代主義，及至出國以後，又落入後現代主義的氛圍，因此在短短的數十年中，使我經受了西方幾近兩百年之久的文藝風潮。因此在學習的過程中，我曾做過種種的嘗試，總希望每一次的書寫都會有不同的風味與面貌。我自己覺得，我所寫的小說都是實驗性的作品，每一部似乎都沾潤了企圖完成某一種藝術構思的苦心。至於其中有沒有一種共同的風格，只有留給評論家去尋索吧！

二〇〇五、十二、二十

注釋

所寫小說以時間為序，曾分別由台北寰宇出版社、香港大學生活出版社、台北四季出版社、台北聯經出版公司、台北時報出版公司、台北爾雅出版社、台南文化生活新知出版社、上海復旦大學出版社、北京人民文學出版社、台北明日工作室、台北麥田出版社、台北九歌出版社等出版。

四十年寫作的歷程
——反省與自勵

四十年，在宇宙的時光中不過是短暫的一瞬，但對個人的生命而言卻是一段相當漫長的歲月。從中學時代發表第一篇文章算起，到今天已經超過了四十個年頭了。回顧這四十多年的生涯，就是累累積疊而起的一連串與紙筆廝磨的日子。

中指上的老繭，是筆桿堅硬的外殼所留下的礫痕；微駝了的背部，則是伏案過久所造成的肉體遺憾。四十多年中，有多少個日夜，是孤獨地蟄伏在書房的一隅以筆代言度過的？寂寞嗎？如果說是，也忍下了；卻寧願說不，因為是自己選擇的道路。

從幼稚的小學時代已經受到了文字的蠱惑，竟一發而不可自止。先是沉浸在傳統的說部和西洋的翻譯中，繼則侵入五四一代自由放恣的心靈。文字的背後竟蘊藏著如許洞徹玄妙的思維、廣袤遼闊的天地，實在神奇！設想自己如是一介文盲，便只可井蛙般地管窺頂上的一方青天，耳目所接，也不過是鄉閭間的俗聞瑣事。文字的魔幛一旦揭開，眼前立刻就花果搖曳，彩雲璀璨，風光無限了。邈迢的古昔搏扶搖馳至目前，遼遠的異域乘野馬如在眼下，說不盡的人事奇詭、景色旖旎，真是如夢如幻，終至如飲醇醪般地癡迷起來。

對文字的癡迷，是由沉溺於讀而漸及於寫，這過程蓋所謂的從欣賞到模擬，再到創造吧！一進入創造的境界，便益發不可收拾了。

青年的時代也寫過詩，唯因詩趣不濃，轉而杜撰情節，摹寫人物，興致盎然，欲罷不能。等到自己在大學中粉墨登場，便開始發興為劇場撰寫腳本。嗣後，主要興趣，在此二端。

然而因為進入了中國文學研究所的關係，不得不強抑感性的創造，自我督責於理性的考據或分析。在好長的一段時光中，鑽入鑽出於故紙堆中，雖自覺無趣，卻不能不耐下心來說服自己，學術研究才是今後的正途，編寫小說劇本只能算是旁門末技。

直到西渡歐陸，置身在明媚亮麗的花都巴黎，心眼才又為之一開，靈泉沛然而瀉，遂不可遏止。以後輾轉於歐、美、亞三大陸，蹀躞於學術研究與創作之間，時而一本正經地撰寫學院中的論文，時而恣肆地奔馳在小說和劇作的園地。此處帶有情感指涉的用詞，不能因詞而害意，只不過表白我徘徊在二者之間的一番矛盾迂曲的心理。事實上，前者是我應該肯定的職業，使我覺得對社會較有實質的貢獻；後者是我心嚮往之的事業，多少偏向於放縱一己的情懷。如果在我國憑一部像樣的小說或劇作，就足以保障數年的生計，也許我早已在學術的領域中引身而退，專注於感性而恣肆的創作活動了。

藝術創作純粹是一種個人的活動，其中蘊含了個人的自由、自主與尊嚴，不管崇尚社會主義的藝文評論家用了多麼大的力氣企圖把藝術和文學推向「社會工具」或「政治工具」的途徑，除了摧折了藝術和文學創造的生機，並沒有分毫改變創造力湧生的正當途徑和來源。也許，只換得比較乖巧的作者言不由衷地呼出幾聲「為人民服務」的口號而已。

如果在創作中沒有個人任性恣肆的自由，便不可能有真正的創作。因為個人的任性恣肆是打開意識層面以下的潛意識和無意識的一把鑰匙，鎖門一開，尚不可知的種種潛能才會由此汩汩然釋放而出。人類真正的前途、未來文化的繁花勝景，端賴此活水靈泉。任何扼殺創作自由的手段，不管藉口是多麼堂皇、典正，都在自扼生路！

自由創作所結成的花果，自會反饋社會與人群；但不應倒果為因，以服務社會與人群做為創作的先決條件。自由創作不容帶有任何條件，否則便不成其為自由創作。不自由的創作，便不是真正的創作，因為欠缺了打開靈泉的那一把鑰匙。智泉與靈泉的涸竭，才是人類真正的浩劫大難！近半世紀的半個世界的發展已經印證了這一個事實。

我的半生的創作活動，都趨向於創作的自由這樣的一個目的，寧受物質世界的種種磨難，也不容在這一個大方向上有任何的卻步或委屈。因此，我的作品大都趨向內在衝動的自發流瀉，而非曲應外在的要求，不管是政治的、商業的，還是榮譽的。當然，這並不排除對外在世界的人生經驗和歷史社會事件刺激的正常反應。這些外來的因素，必定經過一定的過程，形成內在的一部分，才能流瀉而出。我的意思是說：外在的世界對作者人格的形成自然是重要的條件，作者在一定的時空中塑造成某一種具體的個性，這種具體的個性勢將影響到文字表現的風格，但外在的世界卻不能直接向作者索求非基於作者內在衝動而生的產品。

另外不受外在世界左右的是創作的欲望。那應該是超越時空、亙古常存的一種神祕的基因，也就是人不分古今中外所共同具有的一種本能——是把人類從野蠻帶向文明，照耀了人類前程無限黑暗的一束神祕的星火！神祕，是因為我們對此所知有限。人從何處來？人往何處去？人為什麼具有其他生物所未嘗具有的創造的才能？這種種問題，至今仍是生物學、生理學、考古人類學以及神學都未曾解開的謎。但是我們卻深深地感覺到創造力的存在和它散發出來的巨大的力量！

我除了也受著這種神祕的不可解說的創造力的左右外，我個人人格的形成卻是有跡可循的。B型的血型本應該注定我外向樂觀的傾向，但是幼年孱弱的體質和欠缺父親形象的支柱卻人為地造成我內向的性格。小時候多疾多病，比同齡的兒童都要瘦弱，從來沒有穿過一身合適而體面的衣服，臉上恐怕也泛現不出什麼健康活絡的顏色。跟其他的孩子在一起，除了欣羨他人的靈活躍動的生機以外，時時懷抱著的是不如人的自慚。再加上我出生的那個古老而保守的小城，並不是什麼人文薈萃之地；那裡的居民，雖說樸質，但似乎一個比一個更加癡騃，一個比一個還要愚魯，環顧四周，也實在找不到多少開闊眼界、啟發性靈的事物。我只像一棵無用而又無所倚附的小草般在荒野中默默地生長了起來。幸而戰亂使我脫離了那個封閉的環境，又幸而這種相當早熟的自覺迫使我努力突破個人性格和身體上的障蔽，譬如說強迫自己參加演說比賽、參加演劇，用以矯正怯場和與人正常交接的退縮感，勤練游泳、舉重，用以填補體質上的缺陷。這幾項自覺自發的行動，在我的成長過程中都產生了正面的效果，使我在體質和行為上都獲得了相當程度的改善。首先，身高逐漸拔升，竟達一米八〇，超過了我雙親的身材，因而減輕了一些心理負擔。不過，在很長的一段時間，仍為電線杆型的細長而苦惱。後來靠了持恆的游泳，到了大四的時候居然獲得了七十二公斤的標準體重。這樣的體重，至今從未改變。原來吐字不清的口齒也愈來愈清晰，庶幾能夠跟我素所欽佩的朋友一樣地侃侃而談。這都是出於演講、演劇所賜。這種種變化，無形中增強了個人的自信，甚至使我覺得自己彷彿就是一個脫胎換骨自我改造成功的人。有了自信，才會產生好強爭勝努力不懈之心。我能順利地通過大學考試以及以後留學考試、高級學位考試，都不是僥倖獲得的，而是力拚的結果。記得當日為了投考大學，特別是在戰亂蹉跎了中學的歲月之餘，不得不加倍地努力，幾個月日夜不停地苦讀，累到幾乎吐血。那壓力並非來自我的家庭，而是來自我自己的要求，我家裡並沒有人真正在意我是否考得取大學。這樣的經驗，使我深深感到一分努力必有一分收穫。世界上並非絕無僥倖而致者，譬如說原來出自高官世宦或財閥富賈的家庭，在人生的奮鬥過程中肯定會收到事半功倍之效，但這種比率畢竟是微小的，芸芸眾生無不要依靠自己的力量！事實上，也唯有經自己的汗水灌溉結成的果實才品嘗得出甜美的滋味。而這樣的甜美，也才是自己願意珍惜的滋味！

正因為我有了頗強的自信，而後才會造成我屢屢顛沛播遷的命運。七年巴黎的生活，物質上可以說是不虞匱乏，精神上是非常的自由放任。幾乎沒有一個社會像法國社會使人覺得那般的豐沛寬容，也幾乎沒有一個文化像法國文化使人覺得那般的優游自在。這也許正是我的許多謹慎而睿智的中國好友終老是鄉的原因。而我，卻捨棄了已經穩固的工作和自己也頗感舒適的生活，只是出於探險尋奇的心理，就奔向在當日西歐的標準認為尚是蠻荒之邦的墨西哥。到達墨西哥以後，才發現那邊的環境遠比預料的要好。六年過的是中上階層的生活。執教的學校是墨西哥的知識分子爭相擠入的最高學府，待遇是高級學府中的高級薪資，住在椰林婆娑繁花盛放的墨西哥公園之旁，各種家事有傭人可以代勞，本該也是有了穩定下去的充足理由。可是由於個人精神上的騷動和追求新知的欲望，使我毅然訣別了墨西哥安逸的日子，到加拿大重溫學生時代的舊夢。等我又熬過了五個苦讀的年頭，拿到了社會學博士學位的時候，卻不得不在一個陌生的國度重起鑼鼓，除了新獲的學位以外，過去的資歷在此幾乎等於零了。兩年中換了兩個大學，不是代理休假的教授，就是只有一年短期的聘約。幸而英國倫敦大學在約我飛渡大西洋的一次訪談後下了四年的聘書，才使我的教職又再度穩定下來。四年後，終於接到了倫敦大學的終身聘，然而我卻已不耐四海流浪的日子，在定居倫敦八年後，決定向將近三十年的異國漂泊告別，回歸我生長的第二故鄉台灣。這般驛馬似地顛沛，從一個異土到另一個異域，從一個尚未稔熟的文化到另一個完全不了解的文化，從一種剛剛順口的語言到另一種尚感懵懂的語言，從一群交接未久的朋友到另一群從未謀面的陌生人，若非靠了十分的自信，何以敢輕易嘗試呢？這種出於自擇的屢屢播遷，卻也足以說明在內心中我存有一種自己來掌握一己命運的企圖，雅不耐認命的被動安排或隨波逐流。

我生命中的衝力和我寫作上的衝力，我想是出自同一個來源：我要好好珍惜這唯一的一去不返的生命！

我既不相信佛家的輪迴，也不能認同基督教的靈魂不滅，在我的心智所可理解的範圍之內，我以為生與死之間是一個人唯一的一次存在的機會。人在偶然的機遇中來到這個世界，並沒有先決的責任，也沒有一定的使命，好歹全靠自己的安排。人既有這種先天的自由，豈不正擁有自我創造、自我完成的良機？是在如此的思辨下，我才不肯輕易放過每一分、每一秒自我完滿的機會。我既不必向任何人負責，卻不能不向自己負責，至少要把自己塑造成足以令自己滿意的那種型態吧！成為一個文字的藝術家，也正是使我這一生足以自我滿足的一個遠程的目標了。

說到文字的藝術，便脫離了實利的考慮。藝術，正是諸般創造力的最精緻的表徵。工業產品無不可以複製，只有藝術作品只重原本。藝術作品不尚模仿，只重創造，哪怕只是微末的一點、一線、一個句子、幾個音符，也都是直接從靈動的心田中湧現而來。

文字的藝術在諸般藝術中是最簡易，也最迷人的一種。它不需要特殊的體能及昂貴的材料和配備，卻能在簡單的紙筆中揮灑出幾乎無限的天地。但是，在文字藝術的創造上所花費的時間和精力，並不能獲得相對的報酬，至少在我國是如此。我的對文字藝術的癡迷，只是在追求自我滿足，執筆的活動早已浸浸乎形成我性格中的一部分，也是在這個欠缺必然使命與意義的世界中由我自己賦予使命與意義。通過了文字藝術和創造，使我感覺與這個看似空幻的世界鈎連了起來。

我坦然地表露了我對文學的理念以及我從事文學的態度，並不意味我否認一個作家也擔負了某種社會的責任。作家做為一個社會的組成分子，他像任何人一樣，該當兵的時候當兵，該納稅的時候納稅。他也可以積極地參與社會上的公益活動或建立政治關係，他也當然可以擁護或反對某一個黨派，有他自己的政治主張。但這一切活動都該只是他做為一個公民的人格表現，而不必帶入創作的領域中。不過，在國家社會遭逢危機的關頭，作家的公民人格便容易擴張，使他不能再繼續保持冷靜，他也會以筆為矛、為槍，發為戰鬥文藝，但這樣的作品常常不免流於粗糙的情緒發洩，事過境遷，幾同廢紙！創作所需要的是超然和客觀，作家的心靈在創作的過程中需要超越於他的公民人格之上。否則，他的創作不是蒙上過多個人的偏執，就是太過局限於實利的顧慮。歸根，創作應該是使一個人的人格向更高更上的層次昇華的一種鍛鍊。

我把文學的目標懸掛得相當高了，仔細檢查這四十年來的作品，是否符合這樣的一個目標呢？老實說，我覺得還有一段相當遙遠的路程，仍然需要不停不息地繼續努力。不過，在漫長的四十多年的寫作歷程中，我時時都有催迫自己向前的自覺。我的已出版的小說，每一本都企圖突破自己既有的成績，另創一種新的面貌。在法國完成的《巴黎的故事》系列，是採取社會人類學田野調查的方式加以文學化的社會寫真。在墨西哥完成的《生活在瓶中》和《北京的故事》就完全不同了。前者運用了內在獨白的技巧，企圖表現出人物內在心象和外在世界真幻對反的感覺領域，後者則通過寓言的形式對那一場令人毛骨悚然的文化大革命進行反思。《孤絕》和《海鷗》兩個集子中的作品，是在加拿大寫成的，恐怕已經沾染了北國的清冷氣息，而且每篇都具有一些實驗小說的用心，有的是在情節布局上，有的是在人物的勾勒上，有的是在敘事方式上，有的是在意象呈現上，有的是在象徵比喻上，有的是在文字運用上，企圖創新的痕跡斑斑可見，因此生澀之處也就在所難免了。《夜遊》是到目前為止我所寫的最長也最複雜的一部小說，那是念完了社會學以後完成的作品，是否受了社會學之累，我自己在此不想判斷，好在已有不少對這本書議論的文章。《M的旅程》系列，則是另一種截然不同的面貌，該算是我內心中最感真切的超現實的幻象。

我的劇作，到目前已出版的，都是簡短的篇章，只有《花與劍》曾經做過一整晚的演出，其他的諸如《一碗涼粥》、《獅子》、《弱者》、《野鵓鴿》、《在大蟒的肚裡》、《腳色》等等，都可在一小時內演完。在《腳色》一集中收入的這些劇作，大概都具有一個特點，就是從人所扮演的「腳色」這樣的一個觀點來表達人間的種種對待關係。劇中人物的屬性既不是類別的、典型的，也不是個性的、心理的，而是腳色的，因此我稱之謂腳色式的人物，以別於荒謬劇中符號式的人物。格局有一定自設的局限，但未嘗不可以做為另一種戲劇形式的門徑。在這裡，我本來就寧願躺下身來，做為後來者墊腳的石塊。另外根據關漢卿原作改編的歌劇《美麗華酒女救風塵》，已經在《聯合文學》發表，尚未出版。

我的散文寫的不多，只有寥寥幾個集子。在這少數的幾個集子中，雖然都可視之為散文，但主題和寫作的方式都極不相同。《愛的學習》，是對宇宙、人生自由抒懷的小品，《墨西哥憶往》則是記錄我所懷念的在墨西哥那一段日子的人與事。《大陸啊！我的困惑》是我於一九八一年在大陸講學、訪問、旅遊四個多月的實錄和感想，雜糅了家國情思和文化、政治層次的批評。我在歐、亞、美各地的遊記多篇早已發表，尚未蒐集成書。

目前成書最多的是學術論文、一般評論和專論。《莊子書錄》、《世說新語研究》、《二次大戰後的中國電影工業》（法文）、《一九五八至一九六五年的中國人民公社：一個社會及經濟發展模式》（英文），都是我在不同的研究所修習學位時的論文。我對文化、社會的評論，已出版的有四部：《文化・社會・生活》、《東西看》、《中國民主政制的前途》和《繭式文化與文化突破》。預備出版的尚有社會評論《傳統的與現代的》、文學評論《現代文學菁華》和文化評論《中國文化的基層架構》。

至於專業的論述，關於戲劇的有《馬森戲劇論集》、《當代戲劇》和《中國現代戲劇的兩度西潮》，關於電影的有《電影 中國 夢》。

還有幾本翻譯和編輯的書以及與友人合作的著作，就在此從略了。

創作、評論的並駕齊驅，多少反映了我自己在職業上不得已的苦衷。對自己作品的成敗，無法自己置喙，只有留給客觀而有見地的文評家去做了。

四十多年的歲月使我耗費了成桶的墨汁，使用和撕裂的稿紙也可以疊成屋架一樣高了。其中交迭而至的辛酸與歡樂，只有自己心知肚明。最艱難的應該是在創作中如何把一己化為眾人，如何探測人類陰暗的心理森林。在舞台上扮演眾生相的演員，需要深入角色的內心，劇作家何嘗不要進入他所塑造的每一個人物心理隱晦的深層？莎士比亞必定自己先品嘗了哈姆雷特的疑慮優柔、李爾王的昏瞶悲涼、奧賽羅的嫉妒懊惱、馬克白的野心恐懼以及理查三世的詭詐陰險。當然，他也應該跟奧菲莉亞一塊兒發瘋，和茱麗葉一起殉情。小說家也不例外，福樓拜說過他就是包法利夫人，托爾斯泰也應該是安娜・卡列尼娜，D.H.勞倫斯是查泰萊夫人，曹雪芹是賈寶玉和林黛玉，蘭陵笑笑生是西門慶和潘金蓮，杜斯妥也夫斯基是謀殺生父的凶手卡拉馬助夫兄弟，傑克・倫敦則是那頭被野性呼喚的土狼。因為這其中牽涉到性別的錯位、人獸的認同、敗德甚至犯罪心理的蠡探，對一個潛心的作者而言，並不是一件容易的事情。演技精湛的演員常因深入角色一去而不歸，十分投入的作家自然也會面臨同樣的困擾與危險。我自己的經驗是常常在創作時精神上陷入興奮、煩躁、驚懼的心境，肉體上也會產生渾身冷汗的激動、戰慄或痙攣。但是作品完成後，自我復位的紓解與暢快也就足以彌補創作過程中所遭受的痛苦了。

四十年來我已寫了不少，仍然要繼續寫下去。有時候當然也不能不捫心自問：在肆意放懷的創作態度中，到底對社會、對人群做出了什麼樣的貢獻？對這個問題我不願以取寵的態度說一些自謙自抑言不由衷的話，寧肯誠誠實實地面對社會與人群。我覺得每一個渺小的個人在群體中都在盡一份能盡而應盡的力量，最好的服務人群的態度就是誠懇地按照自己所信服的方式去完成個人的責任。經驗使我特別懼怕那些太過熱心的「先天下之憂而憂」的志士，怕一再地陷入他們那種連自己都掌握不住的在邀寵和權力欲交爭之餘的陷阱。有些人甚至乾脆把文學當做是爭名奪位的渡橋，就如同那些把自己至愛的人推入娼門一樣的面不改色，真是太對不起文學了！五四以來的作家中，有太多這樣的前例，在惺惺地熱烈地擁抱群眾，哀憐饑貧，自命為具有救世心懷的英豪之後，不旋踵間就又換上了一副讒諂奉迎或作威作福的嘴臉，最後只能令人覺得啼笑皆非；害人害己，則又是前所未料之事。這樣的作家，叫我害怕！因此，在我做為一個公民的時候，我也寧願站在一個批評者的地位，而不願披甲執銳去滿足權力的欲望。坦白地說，我並無意說自己已經超脫於世俗的欲望之外，而是太難以忍受始則偽飾而終必畢露的權力欲為人間所帶來的災難，才產生這種自制預設的防衛心理。

我的這種個人的態度，勢必也會反映在我的作品中。我既然寫了不少篇幅其中充盈著相當個人立場和觀點的文化、社會批評，那麼在我的虛構的創作中，就寧願捨棄了正面的批判，而去尋思人間更為根本的問題：生、死的迷惑，愛、恨、貪欲的掙扎，自我的尋求與定位，個人與他人綰合的關係種種。而這些問題，都沒有立刻而容易的答案，只是藉著不同的情境，不同人物的經驗，去繼續細味與覓索。因此，一個作家在對人生的探索上，和讀者是平等的，大家都是在人生茫原中的探險者。如今我們已經進入一個教育普及、資訊暢達、政治民主、經濟自由的歷史階段，自詡為人類靈魂工程師的時代已經一去不返了。今日的一個作家，只是一個肯於把自己的感覺經驗和思維成果呈現出來與人共享的人罷了。

我選擇了文學做為我終生獻身的鵠的，歸根是一件非常幸運的事，我想沒有另一種事業可以帶給我更多的快樂與滿足。我雖然只問耕耘，文學卻並不負我！四十年後回首，就覺得半生不曾虛度。令我感覺充實的倒並非是已經結成的果實，而是在播種耕耘中一滴一滴真真實實滴入泥土中的汗水！

文化・生活・新知出版社所出版的我的文集，正好為這四十年來的創作做一次階段性的總結，其中盡量結集了可以蒐集到的我的作品，包括小說、戲劇（電影在內）、散文和評論四大類。我誠摯地感謝為這次結集貢獻心力、提供材料的所有友人。

——原刊於一九九一年「文化生活新知」版總序

法國的小農生活

顧德一家

顧德一家是純粹的法國人，據說是眞正高盧人的後裔。現在的顧德先生是農人，前幾年才死的老顧德先生也是農人。顧德先生的兒子——小顧德，不管多麼厭惡農民的生活，將來至少有一個不得不繼承這一份家業；這是顧德先生早已下了的決心。顧德太太是標準的農家主婦，每天雞鳴即起，從不用鬧鐘。放羊、擠牛奶、餵雞、餵兔子、餵狗、餵貓、做飯，都是顧德太太一手包辦的；這只是說平日，在農忙的時候，自然還有別的活落。顧德太太中等身材，五十剛出頭，身體有點發胖，但不是像城裡婦女的那種虛胖，而是一塊結結實實的肉墩子。長條臉，栗色的髮，眉毛比較淡、差不多是看不出來的，臉上總是紅撲撲的。平常不大說話，但說起話來嗡嗡地響，好像句句都有分量，就連顧德先生也不得不讓她幾分。顧德太太的這許多條件，對一個農村的婦女來說，都稱得上優點：不過她眞正的優點還不在這上頭。她眞正的優點是她嘴上從來不說，只在心裡藏著的一條鐵硬冰冷的紀律：那就是在這個家裡，誰也不興喝過量的酒。顧德先生一天以一瓶爲限，超過了，顧德太太不聲不響地便把酒瓶提溜開。顧德先生乾瞪眼，全沒有辦法；其實顧德先生心裡是感激她的。法國不知有多少男人一輩子壞在這個酒字上。顧德先生捫心自問，自己不是沒有這個傾向，要不是顧德太太那鐵硬冰冷永不變質的紀律，誰知道他會弄成個什麼模樣。所以在這個家庭裡，若說顧德先生是門面，那麼顧德太太就是地基。沒有地基，門面是撐不住的，因此我們先介紹了顧德太太。

別看顧德先生比顧德太太高了整整一個頭，其實論年紀卻比顧德太太小著兩歲。圓圓臉，招風耳，粗手大腳，手背上蓋了一叢茸茸的黑毛；夏天裡打赤膊的時候，胸口上那一叢更令人驚心怵目。顧德先生是一家之長，飯桌上開酒瓶、切烤雞，都是家長的職務。自然顧德先生的主要任務並不在飯桌上；田裡的事，像犁地、播種、收割，就夠他忙的了，不用說一早一晚還要抽空砍木柴、刷汽車、修犁耙等工具。每星期日趕集、每年春天剪羊毛，也是顧德先生的分內之事。顧德先生沒有別的毛病，就是愛喝一點。喝過了量的時候，就翻著白眼說瘋話；幸虧顧德太太管得嚴，這種事兒是不常見的。但隔個半月二十天，也偶然來那麼一回。譬如說趕完了集，賣完了雞呀蛋呀什麼的，口袋裡給鈔票撐得滿滿的，湊巧又碰上了鄰村的喬治，好了，酒館裡一蹲，不灌上兩瓶絕不出來。為這個，喬治不知挨了顧德太太多少白眼。

晚一輩的顧德一共有四個：老大叫但尼耳，二十五歲，從小就有股拗勁兒。念完了小學，也幫顧德先生在家裡幹了幾年活，但因為服兵役時幹了一年多軍郵，退役後就做不慣鄉裡的活兒了，一撅屁股跑到巴黎當起郵差來，只逢年過節他才回來看看。老二是個女的，叫加特琳，二十一歲，長得倒頗標致，現在鎮上的一個房產證人那裡當打字員，年前剛跟惹珂訂了婚。惹珂是鎮上的人，父母開雜貨鋪。惹珂不但能寫會算，而且還是個高中畢業生，不用說又是在巴黎當差的，這使顧德太太對這門親事十二分地滿意。老三叫米士勒，十九歲，在家裡幫顧德先生幹活兒。還有個小鬼，克勞德，才十歲，在鎮上的小學讀書。本來在老三老四之間，顧德太太還生過一男一女，都早早地夭折了。

顧德家擁有一座小小的農莊。這座農莊包括三間住房、一間閣樓、一個放食物和酒的地窖、一座牛廄，連著一座穀倉兼放農具，另外還有羊圈、兔籠、狗窩等等。這三間住房的分配情形是這樣的：一間廚房兼飯堂，有鄰居來的時候，自然也在這裡扯扯閒話，所以也可以說是客廳；一間是顧德夫婦的臥室；還有一間是孩子們住的。孩子長大了以後，就把那間堆積雜物的閣樓收拾出來，做了加特琳的閨房。米士勒和克勞德合住一間，顧德太太的母親來的時候或老大但尼耳回家的時候，都擠在這一間裡。

這所農莊坐落在巴黎以南約納省（Yonne）的尚皮尼鎮（Champignelles）附近。巴黎是法國北部盆地的中心，到了約納省，已是盆地的邊沿，變成了丘陵地帶，土多沙礫，已不算什麼沃土，所以顧德家雖擁有二十多公畝土地，又租了附近在巴黎做事的勒佛洛克先生十來公畝，在法國仍只能算是個小農家。這三十多公畝土地，有二十多公畝植牧草，眞正耕種的只不過十公畝。同樣多的地要是搬到諾曼第（Normandie）去，足可以稱得起一個富戶。諾曼第的土地，不管種麥子還是植牧草，生產都要超出約納省一兩倍以上。譬如拿養奶牛來說，諾曼第兩公畝地差不多可以養三頭，但約納省——特別是尚皮尼附近，兩公畝還養活不了一頭牛。所以顧德家除了留幾公畝地牧羊外，牛從來沒有超過八頭。最好的一年，顧德先生發了狠，養了十頭，結果不到秋末，草已啃了個精光，連特別種的備冬牧草也吃完了，逼得顧德先生不得不提早買乾料。到了來春一計算，足足虧了値兩頭多牛的錢，所以打這年以後，顧德家的牛最多就只有那麼七八頭，在二十來公畝的草地上遊蕩著。

在顧德先生父親那一輩的時候，法國鄉下有些地方還沒有電燈。現在不用說電燈、自來水這些日常必需的東西，就連最偏僻的地方一條小路，也都用瀝青或是水泥鋪得平平的。打顧德先生這一輩子起，法國農村的生活可說已發生了基本上的變化，但這種變革比起都市來，還是瞠乎其後的。二次大戰以後，法國的經濟力量逐漸復元，但不管哪個黨派登上政治舞台，都集中了精力搞工業發展。至於農業，雖也有農業貸款等等的補助，可是對農產品的價格總限得死死的。麵包、牛奶成了最便宜的東西，因此如不改用機械來大規模地經營，根本賺不了什麼錢。年輕的一輩，眼睛都看著都市，寧願跑到巴黎、里昂、馬賽、波爾多或土魯斯等大城，隨便到個什麼工廠裡幹上幾年，看吧，汽車、電視、冰箱什麼都有了。像顧德先生似地，死乞白賴地幹了大半輩子，到了一九六三年才買了一部一九五三年的兩匹馬力的老爺車，免不了十天一小修、每月一大修的痛苦。

不過顧德太太這幾年是越來越滿意了。去年，顧德太太的廚房裡添裝了新式的煤氣爐。這個爐子比原來木柴的灶小著一倍多，又白又亮，上頭有大小不等的三四個火，只要劃一根火柴，噗地一下就著了。火苗要大就大，要小就小，說多方便就有多方便。再也用不著爲了生個火，碰上陰天下雨煙囪不通，漏一屋子煙，嗆得兩眼通紅的。這還不算，爐下還裝著烤箱，不消個把鐘頭，一隻雞就烤得又黃又脆的。顧德太太站在煤氣爐面前，越看越高興，禁不住用她那粗糙的手指頭在光滑如鏡的爐面上摸了又摸。甚至於有好幾夜，顧德太太都作著烤雞的夢。

有了新式煤氣爐之後，這間身兼三職的廚房突然減少了廚房的雜亂，而增加了客房的氣氛。顧德太太又特意把窗外的幾盆花草搬了兩盆進來。顧德太太心裡想，要是再有個冰箱，那就十全十美了。可是一個冰箱少說也得五萬法郎，一頭好牛的錢哪！好在沒有冰箱也礙不了大事，有個地窖一樣壞不了東西，可就是地窖裡做不出冰淇淋來，不用說一天上上下下地耽誤工夫了。顧德太太這樣盤算著，窗外簷前的鴿子就咕嚕咕嚕地唱起來。復活節但尼耳不是要回家嗎？烤兩隻鴿子吧！但尼耳從小就喜歡這個。顧德家養鴿子可不是養著玩兒的，除了自己吃以外，還拿到集上去換錢。鄉裡人哪能像城裡人那樣無緣無故地養上幾籠鳥！想起但尼耳，顧德太太的鼻子就禁不住一陣酸溜溜的。長大了的兒女就是硬了翅膀的鳥。

提起年輕的一輩，顧德先生和顧德太太都忍不住要歎一口長氣。顧德太太歎氣是情感方面的，覺著孩子們長大了，都免不了走的走、飛的飛：這情形在都市裡，原是平常的現象，可是種田的人還有那點死守在一起的老習慣，就忍不住歎上那麼一聲。顧德先生呢？卻不是完全出之於情感，顧德先生憂慮的是這片祖業。好像打顧德先生祖父的祖父起就已經在這裡落了戶。顧德先生的祖父還記得拿破崙第三時代號稱自由帝國的那一段好日子。在顧德先生想來，老子幹啥，兒子幹啥，是順理成章的事。顧德先生不是打十二歲起就跟老顧德幹活拿一個整工的錢麼？那時候的老顧德對顧德先生眞是心滿意足。只有一件事使老顧德傷心了一輩子，就是顧德先生的叔父把自己的一份田產賣給了高本諾家。所以到了顧德先生的妹子嫁了里昂的一個機器匠的時候，老顧德就把遺囑改了。這個出嫁的女兒一分地也沒有得到手。自然老顧德死後，顧德先生不得不按照法律給妹子湊一筆款出來補償她的損失。顧德先生一點也不後悔當初乖乖地接受了老顧德給他選定的這份職業。可是現在年月不同了，但尼耳就偏不幹老子幹的事兒；放著好好的田不種，跑到巴黎去當郵差！唉！米士勒也保不準會有一拍屁股走路的一天。看吧，但尼耳一回來，米士勒馬上就豎起耳朵來打聽這打聽那，打聽來打聽去還不是想學哥哥的樣？克勞德呢，一天到晚就知道到樹林裡捉鳥，這個小鬼更指望不得。顧德先生也不是不明白，現在的年輕人，哪個不想往都市跑？都市裡不但錢好賺，而且要玩有玩、要耍有耍的。農會的書記就向顧德先生抱怨過政府的政策。前些年北非的殖民地還沒有完全丟掉的時候，有錢的人在鄉下多蓋些別墅，多闢些地拿來踢足球、盪鞦韆還沒有多大關係，橫豎北非的糧食也一樣可口；可是現在殖民地一個接一個地獨立起來，哪裡有白來的東西？法國靠著土地肥、人口少，每年還可以有多餘的小麥出口。不過年輕人一天天地向都市跑，土地肥又有什麼用呢？這個政府應該負責；這是農會書記的牢騷。顧德先生也想不出個別的道理來，心裡卻嘀咕道：政府負責，政府怎麼能夠負責呢？下道命令禁止鄉下人進城？哈！那是專制國家幹的事兒，法國人可幹不了！顧德先生想來想去也想不出個辦法來，要是想得出來，也不好帶個信給戴高樂。唉！顧德先生也忍不住怨歎起來。

在四顧德之中，顧德先生對但尼耳絕了望，只好把希望寄託在米士勒的身上。米士勒受完了六年的義務教育，就收了攤子回家來跟父親幹活兒。當時米士勒心裡是頗爲高興的。但年齡漸漸大起來，眼見在巴黎做事的但尼耳一切都與自己不同，心中就不免有點悔意。尤其在但尼耳回家的時候，看看但尼耳的襯衫又白又挺，褲子上還燙著褲縫；自己呢，襯衫都是有顏色的，領子下帶著油，褲腿上常沾著泥。但尼耳的手又胖又軟；自己的手已經起了老繭。但尼耳看過脫衣舞；自己呢，只能在禮拜堂裡打瞌睡。比來比去，覺得自己實在受了委屈，所以有時跟顧德先生頂嘴的時候，就發誓不要幹一輩子這泥腿子活。打麥子、收馬鈴薯、砍木柴、刷牛廏、提桶、割草，這些事說起來容易，幹起來可不是味兒，一來就是一身汗。米士勒也時常躺在草堆裡作著巴黎的夢。可是對米士勒來說，巴黎是那麼遙遠，巴黎似乎只是但尼耳的天下，不是自己的，算了！自己好像已釘在這塊土地上了。

在顧德先生的農莊裡，顧德先生就有米士勒這麼一個半是兒子半是支薪的長工。平常已感覺少著一條胳膊，到了農忙的時候，尤其感到人手不足。拖拉機、割麥機、打麥機都可以租到，但總得一個人管開，一個人管打，也得一個人負責搬運並在倉裡打打零碎。除了米士勒以外，顧德先生只有雇喬治來幫忙。喬治住在一公里以外，在鄉下也可算是個近鄰。喬治本來是葡萄牙人。自己沒有田地，只有一公畝左右的一個菜園，平常除了賣賣菜、養養雞，就是靠替人家打短工生活。老婆也有時候幫人家洗洗衣服什麼的。賺的錢餬口是足夠的，可就是老婆有點不大安分。喬治明明知道，只爲自己沒有什麼好條件，也只有睜一隻眼闔一隻眼忍一天算一天。誰知前年，喬治的老婆竟把喬治的幾個積蓄一捲，不知跟什麼野男人跑了個無影無蹤。從此喬治就醒一日醉一日的，工也做不成了，要不是靠了幾個鄉鄰，恐怕喬治早已成了路旁的餓殍。到了去年，喬治的老婆也不知又從那個角落裡鑽了出來，要跟喬治辦離婚手續。有的人勸喬治追究拐逃，有的人勸喬治既然老婆變了心，還是忍一口氣算了。喬治弄到這般光景，哪裡還有打官司的心思，就乖乖地在離婚書上簽了字。這邊剛簽了字，那邊喬治的老婆又做了新娘。原來喬治的老婆嫁的不是別人，正是和喬治一樣打短工的尙皮尼鎭的約翰，也是時常和喬治喝一盅的酒友。約翰的情況說起來還不如喬治，只是比喬治年輕，憑著一張小白臉生生地把喬治的老婆奪了去。喬治雖然胡塗，可也不是全不要臉面的人，好好的一個老婆被老朋友拐了去，心中哪能不悶？去年冬裡，不知怎麼一把火，把個小木頭房子連人在一起燒了個乾淨。

喬治死了，顧德先生雇人就更難了。有時候一半人情，一半出著大價錢請鄰近農莊的人來幫幫忙；可是這些也都是種田的人，忙的是同一個時候，眞正分得出人手來的時候也不多。

人多多少少都是有點野心的，顧德先生也不例外。顧德先生也夢想過把勒佛洛克先生的十公畝地買過來，像高本諾的農莊似地裝備最新式的機械來經營。可是辦這許多，是先要資本呀！國家銀行和地方銀行固然都有農貸，利息也不算大，不過要是一旦賠了呢？誰能說有百分之百的把握？像高本諾這樣的情形畢竟有點僥倖。他這幾年靠了農貸，又靠了手急眼快，居然把個農莊弄得煥然一新。三十頭母牛全改用電氣擠奶，打麥也都自動化了。高本諾本來也不是二三十畝的小戶頭嘛！顧德先生向來有點看不起這種人，這是種投機的人，顧德先生可不是！所以顧德先生從大戰一結束就考慮這個問題，現在考慮了十幾年，還沒有做出結論來。年紀愈來愈大，也就覺得愈沒有把握了。要是但尼耳或是米士勒成個材料……算了，還是不要再想這些吧！顧德先生從襯衣口袋裡摸出一張捲菸紙，從褲袋裡把菸草摸出來捲好，用舌尖舔了舔紙邊，兩個指頭一轉，就做成了一根香菸。顧德先生是從來不買捲好的香菸的。

顧德先生和顧德太太是眞愛鄉村的人。尙皮尼鎭離巴黎不過一百五十公里，顧德太太是時常去尙皮尼鎭的，除了星期日的彌撒從不缺席外，也有時去買點零碎，可是巴黎她就從沒有去過，也沒有打過這個念頭。顧德先生呢？雖是去過巴黎的，次數可也不多，大概生平也不過兩遭。第一遭還是戰前呢，除了爬了一次鐵塔弄得頭暈糊糊的以外，也沒留下什麼深刻的印象。第二次是因爲但尼耳撞了車，住在醫院裡。顧德先生心驚膽戰地跑到巴黎，一看也不過額角上碰破了一塊皮，縫了一針也就罷了。這一次匆匆忙忙地，鐵塔也無暇再去，就搭火車回了家。到了家，不住地搖頭。顧德先生在鄉下走路是搖擺慣了的，在巴黎走路不但再不敢搖擺，過一條馬路也得躊躇個半天。

「巴黎大概全是些有錢的人，一天到晚沒事兒做，坐了汽車在街上兜風，弄得到處亂烘烘的。」顧德先生眞不懂這些年輕人何以被這樣的一個巴黎迷住。至於顧德先生，他寧願永遠留在鄉下。沒事兒時，摸摸乳牛的濕鼻子，或是把羊羣趕過濃蔭蔽空的小徑。禮拜日，一家子穿得整整齊齊地，由顧德先生開著兩匹馬力的老爺車，到尚皮尼鎮的教堂裡去望彌撒。夏天早上在草叢裡撿蘑菇，朝露打在捲起褲腳的腿上，有一種又溫又癢又興奮的感覺。秋天在草坡上打野兔，和米士勒一跑就是大半天。天氣好的時候，幹完了活，依著門框，一杯在手，看傍晚的夕陽染紅了整個農莊，說多美有多美，就是巴黎電影院的彩色電影片子中映的還不是這個！

尚皮尼鎮暑假裡有時候也映幾次露天電影，克勞德是每次必到的，顧德太太也跟加特琳去過幾次，可是顧德先生從來就提不起這個勁兒來。顧德先生沒事兒的時候，就愛找朋友喝一杯。一杯在手，不知可以喚回多少往日甜美的回憶。回憶總好像是甜美的，所以顧德先生總覺得今日的生活有些不大對勁兒似的。待要說出怎麼個岔兒來，又說不出，可就是老覺得心裡彆扭。時代是變了，高本諾的電氣擠奶、自動打麥機都說明了這已不再是用鐮刀割麥子的時代。米士勒能不能守住這一片不太肥、但卻灌注了幾代血汗的土地呢？這是完全不敢想像的事。可能有一天高本諾的拖拉機會一直開到顧德家的田上來。一切都在變化呀！這些變化好像不是人力能夠擋得住的。

杜拉回太太

杜拉回太太和她的丈夫杜拉回先生住在巴黎南郊伊夫黑區新建的公眾公寓裡。他們家在整個公寓大樓建築中屬於最小的一類，只有兩間房：一間是客房、一間是臥房；另外自然還有三小間日常生活不可或缺的陪襯：廚房、澡房和廁所。說是不可或缺，是指法國文明了以後的現代建築而言。那些屬於法國還沒有十分文明的老建築（法國人自己用一九四五年大戰結束做爲新舊建築的分水嶺），當然並不都具有這樣的陪襯。有的最多在臥房裡安上個水龍頭，水龍頭下面裝上個洗臉盆，洗臉盆下面藏一個洗屁股的盆子，就已經算是挺講究的了。在歐洲有旅行經驗的人，都知道這種洗屁股的盆子是法國特有的發明，這恐怕也正足以說明法國之所以比其他文明國家更爲文明的原因。

說起杜拉回太太和杜拉回先生能夠住進新建的公眾公寓，也不是件容易的事情。法國，尤其是巴黎，自大戰以後，房荒一天比一天嚴重。新建築的建造速度不用說是遠遠追不上人口膨脹的速度的，可歎的是有些新建築因價錢太高，常常空在那裡，成年累月地無人問津。這也就莫怪社會主義國家嘲笑資本主義國家的社會不平現象了。爲了解決房荒的問題，政府下了最大的決心，利用公、私各種方法，每年撥出一批專款，建造了一批公眾公寓，以相當於市價五分之一的租金出租。出租的對象也是煞費苦心經過選擇的。第一，那些住在地窖裡、茅棚裡的貧民有優先權；第二，從阿爾及利亞返國的僑民有優先權；第三，小孩多的人有優先權；第四，收入較優的公務人員及自由職業者排在最後；同時眞正的一貧如洗，連這相當於市價五分之一的租金也有拖欠危險的人，也別給他希望。這樣一來，有資格住進公眾公寓的，只屬於那些有正當職業而收入又不十分優厚的一類人。這多半恐怕是小職員和工人這一個階級的了。杜拉回先生就正合了條件。他是伊夫黑區一家肥皂工廠的技術工人，以前雖然沒有住在地窟和茅棚裡，但兩人只住著一間房，外帶一個小廚房。房子的窗口太小，加上巴黎的太陽難見，牆壁經常是濕漉漉的，杜拉回先生的風濕病大概就是這樣得來的，而且什麼衛生設備也沒有，冬天裡只靠一個煤氣爐取暖，這樣也勉強合了居住不良的條件。雖說如此，因爲僧多粥少，每年的建造量不足分配，還是排了好幾年的號才輪上的。

遷居的時候，杜拉回太太把一些舊家具捐的捐、賣的賣，只帶著電視機、電冰箱一類的東西。因此到了新居以後，又重新置辦了一批新家具，現在可以說從房舍到家具都煥然一新了。

要說法國的工人生活苦，那是沒有人相信的。苦的恐怕只是那些沒有什麼特長、沒有伸手得來的遺產，又不肯下力工作的人。就拿杜拉回家爲例，杜拉回先生的父親本是運煤工人，一次大戰前的待遇比現在當然差，一年到頭像黑鬼似地壓在煤包底下，到老也沒積下什麼錢。杜拉回太太是鄉下來的，倒繼承了一幢小房子，但是已經破破爛爛住不得人了，所以兩人結婚以後的生活全靠自己下力工作。杜拉回開始的時候只是一個普通的工人，賺錢也很有限；幸虧杜拉回太太進過裁縫學校，做得一手好針線，經常爲人裁縫，因此除了生活以外，還可以有些剩餘。爲了省錢，早年地窖也住過的。大女兒就曾因爲地窖的濕氣染了肺病，在療養院整整住了一年半才完全痊癒。這一筆住院費全靠了工人的社會保險支付，倒沒有花杜家一個錢。現在杜拉回先生和杜拉回太太都是將近六十的人了，離退休的年紀已經不遠，兩個女兒也都早已出嫁生兒育女去了，所以兩個老人過得越來越寬裕了。

我們來替杜家打打算盤，看看他們的收入和支出到底成個什麼比例。先說杜拉回先生，他以技術工人的資格，每月的薪金是九百法郎左右，除去社會保險費百分之六（社會保險費共計相當於薪俸的百分之三十六，另外的百分之三十按社會保險法的規定由資本家的老闆出），退休預備費約百分之一點五，實支大概在八百三十法郎上下。杜拉回太太是閒不住的人，除了給人裁縫以外，還替人家看小孩。看小孩的價錢普通一天是十法郎，每星期看三天，一個月可以賺一百二十法郎。做衣服呢，這要看式樣和衣料了。普通的衣服買現成的又便宜又方便，誰也不去找人做。要找人做，定是些別出心裁、帶有展覽性質的服裝，大概總是些女人的行頭。譬如說做一件晚上出門的女衫最少的工錢是五十法郎，每月做三件的話，就是一百五十。再加上有時給人家修改衣服，零零碎碎的，杜拉回太太每月總可以賺到三百法郎以上。那麼，兩個人的總收入大概是一千一百三十法郎。現在再來看支出：他們所住的兩間房公寓每月租金八十法郎，加上水、電、煤氣、冬天的暖氣、環境衛生的維持和門房的雜費四十法郎，共計一百二十法郎。吃飯是一項主要的支出。杜拉回夫妻，因為年紀較大，肉吃得不多，所以在伙食上比年輕人較省。我們替他們暫擬一個一日菜單：早飯兩人兩碗牛奶咖啡，每人一塊奶油果醬麵包，大概需要一個半法郎。午餐杜拉回先生在工廠的餐廳吃，三個半法郎；杜拉回太太自己在家隨便吃一點，兩個法郎。晚上每人一盤湯、一塊烤牛肉、一盤炸馬鈴薯、一碟生菜、一塊乳酪，兩人共用一條麵包，杜拉回先生外加一杯紅酒，大概得花五至七個法郎；我們算他一個平均數：六個法郎吧，那麼每天吃飯共需十三個法郎，每月得三百九十法郎。杜拉回夫妻都是抽菸的，普通菸一包一個法郎，兩人最多每天半包就夠了，所以每月不會超過三十法郎。在保健方面，大病是百分之百由社會保險支付的，小病像傷風咳嗽一類的看病買藥，和服用維他命一類的補藥，社會保險可以支付百分之七十到八十。就算杜家夫妻時常傷風的話，每個月也用不了十法郎。另外家庭維持費算八十法郎，服裝添製費每月平均也算八十法郎（事實上年紀大的人不需要這麼多）的話，在生活中就只有交通和娛樂兩項費用了。杜拉回夫婦幾乎從不上戲院或影院，只在家裡看看電視就夠了。杜拉回先生有一部老爺車，只在度假的時候用，平常是坐公共汽車上下班的。杜拉回太太的工作，不是在自己家裡，就是左鄰右舍的，根本談不上交通費。這兩項我們算他每月二十法郎是綽綽有餘的。這樣算下來，杜拉回家每月的總開支不會超過七百三十法郎。每個月四百法郎的剩餘是穩穩當當的，所以杜家總有一筆錢擱在銀行裡生息。

大前年杜拉回太太把她那所鄉下的小破房子賣掉了。這所房子門窗早已搖動，磚瓦也殘缺了，樓板也腐蝕了，這樣的房子雖然沒有人買了來住，只因房子緊靠一條小溪，房子周圍又有一片可以拓殖花園的草地，所以有錢的人看上了這一片地利，只當一塊地皮買下了，然後再來拆舊建新。杜拉回家因此得了一筆錢，湊了湊又在鄉下買了一所帶有花園的小石頭房子，預備爲退休以後的終老之處。

杜拉回的兩個女兒，一個嫁到南部；一個嫁了個美國人，遠走異邦。嫁到南部的，一兩年也不一定見一次面，嫁到美國的就更不用提了。週末、星期天的時候，老兩口常常把女兒們的照片簿子翻出來，一頁一頁地看；每次都覺得好像又親眼看見孩子們長大了一次似的。杜拉回先生既然屬於工人這一個階級，對大老闆、資本家多少含著點敵意。又加上二次大戰的時候曾做過德國人的俘虜，關在勞動營裡，吃不飽、工作重，餓得只成了一張皮包骨頭，這個印象到現在想起來還不寒而慄，因此近來為美國的侵越，杜拉回一直都憤憤不平。每次給美國的女婿寫信，都少不了提上那麼一句：「親愛的孩子，我眞不懂你們這個國家。你們有的是錢，放著清福不享，幹麼偏要跑到幾千里外的別人的國家裡去殺人？」可惜杜拉回不是經濟學家，如是經濟學家，他該明白發動戰爭也是發展資本的一種方法。

杜拉回太太是個熱心的人。在法國太熱心的人是不受歡迎的，因為心熱過了頭，就免不了那股想牽著別人鼻子走的衝動。杜拉回太太可不是這樣，她的熱心恰有分寸，譬如說大家平常都關著門過日子，就是同一層樓住的鄰居，碰見了也不過點點頭而已，但是一旦別人有點急事或意外，需要找個幫手，杜拉回太太卻是從來不會拒絕的。同一層樓的鄰居倒沒有什麼來往。在上一層和杜拉回家同一式的兩間房裡住著一個退休的老太太，姓狄布。老頭子本來也是個工人，已經死了三年了。老太太除了退休金以外，也是靠著替人家看看孩子貼補家用。有時候狄布太太和杜拉回太太都推著孩子在花園裡散步，三言兩語地談起來，兩人因此就漸漸熟悉了。熟悉雖說熟悉，可是按照法國的風俗，誰也沒有無緣無故地跑到別人家裡去串門子的習慣。這種情形一直維持到前年夏天。杜拉回夫妻剛從鄉下度假回來，還沒有拆完沙發的套子，就聽見頭頂上的樓板一陣亂響，接著砰地一聲門響，有一個人放著電梯不坐，卻劈劈啪啪地從樓梯上跑下去了。杜拉回太太除了熱心以外，還有點好奇，忍不住輕輕打開門向外瞅了一眼，正好看見一個年輕的女孩子靠在樓梯上流淚，狄布太太在樓梯頂上躬著腰喊她上去。杜拉回太太就趕緊關上門回來了。後來碰見狄布太太，才知道是她的外孫和外孫媳婦住在她家裡。

狄布太太的這個外孫叫做約翰，才十八歲，本來在柏藏松（Besançon）的鐘錶學校做鐘錶匠，不知怎麼一來和一個十七歲的女孩子打得火一般熱。雙方的父母都是做工的人，哪裡注意這些細事，不想幾個月後，女孩子的肚子漸漸膨脹起來。這一來，兩個人才著了慌。本來打算到瑞士去打胎，可是兩個孩子哪裡去謀這一筆錢？幸虧雙方家長都是開通的人，既然孩子們相愛，也算不了什麼醜事，到教堂裡補行個婚禮也就行了。不過問題就是孩子生下來以後怎麼辦？約翰自己還是個大孩子呀！雙方家裡都不是有錢人，研究來研究去，只有約翰自己作孽自己擔。不用說鐘錶學校是念不成了，還得自己找個謀生的法子，這才帶著將要臨盆的太太跑到巴黎來找出路。狄布太太雖然不是多麼慷慨的人，可是約翰的媽媽是她的獨生女兒，要推也推不出去，就這麼著兩口子擠進了狄布太太家裡。狄布太太乍見了外孫也著實高興，可是不到一個月，約翰帶來的一點錢都花光了，也沒有找到工作；狄布太太賠住又賠吃，就不免有點肉痛起來。見了杜拉回太太就抱怨她的外孫、外孫媳婦，從外孫、外孫媳婦又抱怨到她的女兒、女婿，抱怨個不了。杜拉回太太的熱心就在這裡了，心想一個外省人、又是個十八歲的孩子，到巴黎來找工作，談何容易，立刻攛掇杜拉回先生給想法子。在這一帶，杜拉回畢竟是熟頭熟面的，不上一個星期就把約翰介紹到一家硬紙盒工廠裡做起工來。

哪知問題並不這麼簡單。這家硬紙盒工廠裡女工很多，約翰又是嬉鬧慣了的，散工以後馬路上免不了和些女工逗逗鬧鬧。時間久了，不知怎麼被他的太太看在眼裡，兩人就因此時常吵鬧。開始的時候只鬥嘴，漸漸就動起手來。約翰給太太一個耳光，太太也還一拳頭。一個十七八歲的女孩子哪裡敵得過一個十八九歲的男孩子？有一次叫約翰打了個鼻青臉腫，鬧到警察局去。杜拉回太太是給約翰介紹過工作的，也被傳了去做證人。虧了杜拉回太太佛口婆心地勸說，才算和解了。誰知這只是一個開始，以後每次約翰跟太太打架，警察局不去了，卻跑到杜拉回太太這裡來告狀，杜拉回太太也就成了長期的和事佬。

孩子生了以後，兩人一吵架，就把孩子丟給狄布太太，弄得狄布太太別人的孩子也看不成了。約翰賺的錢不多，後來約翰的太太也進了工廠，這樣一來孩子更完全丟給了狄布太太。孩子光跟狄布太太倒也好，不幸狄布太太身體不那麼好了，常常生個小病就爬不起來，這時候約翰和他的太太不得不輪班管孩子。輪到約翰的時候，孩子一淘氣，約翰就不管三七二十一把個兩歲不到的孩子打得殺豬似地叫。狄布太太躺在床上空喊，也沒有法子。這時候左鄰右舍的只有杜拉回太太肯挺身而出，義不容辭地把孩子帶到自己家裡來。久而久之，竟變成了杜拉回太太一項額外的義務工作。

像杜拉回太太這樣心腸的人，在法國是不多見的。是不是因爲杜拉回太太相信上帝的緣故呢？這倒很難說。那些轟炸醫院、學校、向病人和孩子們身上丟汽油燃燒彈的美國飛行員，十個倒有八個是掛著十字架的。所以杜拉回先生有一次就用諷刺的口吻對太太說：「上帝既然把自己的兒子都釘在十字架上，對別人的兒子還用說嗎？」遇到這種情形，杜拉回太太絕不回口，因爲她知道辯論是沒有用的。其實杜拉回先生小時候也受過洗，也不是沒進過教堂，只是二次大戰一仗就把他的信仰打光了。杜拉回太太沒有這個經驗，上帝在她的心中也就永遠保持著一副尊嚴而仁慈的面孔。兩個人雖然信仰不同，可是很少討論這個問題。她信她的上帝，他守他的無神，還不是快快活活和平共存地過了大半輩子？

杜拉回太太自然是愛她的丈夫的，可是在她丈夫那裡總好像缺少點什麼。他不信上帝，也不信永生，他說人死了就死了，精神化作風，肉體化作泥。這種想法眞可怕；不單可怕，而是叫人失望。人活著還不是爲了個希望。要是死了什麼也沒有了，好人也不能進天堂，壞的也不去下地獄，人活著還有什麼意思？做好做壞還有什麼標準？杜拉回先生說人活著和一條畜生沒有什麼兩樣，每個人都先想自己，後想別人，每個人都爲自己的利益打算盤。就說杜拉回先生之反對越戰，事實上並不是爲了對越南人有什麼偏愛，只是杜拉回先生覺得這樣打下去對法國是一個威脅，他可不願再到勞動營裡去過皮包骨頭的生活。這些說法杜拉回太太都是不贊同的，甚至深深地刺傷了她的心，可是她也並不去爭辯。杜拉回先生是個老頑固，不幸她偏偏愛他，跟他一起生活了大半輩子就夠美的了，何苦惹他發火呢！她自己獨自一個兒去找賈乃神父談話。賈乃神父永遠是胖胖的、笑笑的、和和氣氣的，永遠肯靜靜地聽別人說話，只要你提出問題，永遠有一個合適的答案在等著。賈乃神父只有一個缺點，就是說起話來聲音稍大了點，有時有意無意地露出一絲輕蔑的神氣，可是誰能沒有點小毛病呢？在杜拉回太太的眼裡，賈乃神父差不多是一個十全十美的人。所以有一次一個鄰居偶然說賈乃神父的眼睛一隻大、一隻小，杜拉回太太完全不相信。下次見了賈乃神父，仔細一看，果然是一隻大、一隻小。

杜拉回太太光想到他的好處，別的都可以忽略了。

每次辦完了告解，杜拉回太太總忘不了談一談她的丈夫。每次賈乃神父總用同樣的話安慰她：「杜拉回是一個好人，是一個好人呀！這就夠了。天主只管這一點，不管他怎麼說。」

「他不信也沒有什麼要緊？」

「沒有什麼要緊。這句話要是放在十年前，我是不敢說的。可是現在不同了，宗教思想也得跟著時代進步呀！」

要說杜拉回太太能夠平平靜靜地跟著一個信仰不同的丈夫過日子，賈乃神父是有功勞的。因爲在杜拉回先生那邊缺少的，杜拉回太太在賈乃神父那裡找到了補充。他那大嗓門，又堅定、又婉轉，使她不能不信服。她也不喜歡戰爭，可是越南隔得太遠了，她看不見，也不覺得有什麼威脅。不過杜拉回先生既然說是有威脅，她也不便反對。這一點，也許杜拉回先生對了，因爲連賈乃神父也沒有說他不對。她心裡想，凡是反對戰爭的總歸不能說是壞事。有一次她打市政府前的廣場經過，看見一羣人打著大旗大喊：「越南——和平！」「美國——劊子手！」這羣人一面喊一面揮拳頭，眼睛瞪得大大的，像要吃人的樣子。杜拉回太太怕死了，趕緊跑過去。一羣警察正扠著腰，站在路邊看熱鬧呢！

杜拉回太太最怕遊行。前幾天爲了反對法國對阿爾及利亞戰爭的大遊行，擠死了七八個人。想想看，遊行可是好玩兒的呢！有時杜拉回先生要去，杜拉回太太拉不住，只有在心裡求天主保佑。空的時候，杜拉回太太寧願到醫院裡爲病人唸小說。她覺得這樣才眞是做了件有意義的事，比起那遊行來要實在得多了。杜拉回家客廳的大窗戶正對著西方，杜拉回太太的縫紉機就擱在窗旁。傍晚，天晴的時候，杜拉回太太總停下工作來，把老花眼鏡往上一推，望著紅豔豔的落日出半天神。杜拉回先生近來老談退休的事。他老了，累了，頭髮一天天白起來，腰也沒有以前挺得那麼直。他已經跟機器奮鬥了一輩子，現在他想靜靜地退到一角，沒有機器的軋軋聲，沒有肥皂膠的臭味，種幾株花，養一籠鳥；就算是幾棵蒲公英和一隻小麻雀吧，也足可以使他快快活活地消磨完這最後一段早已疲憊了的生命。杜拉回太太自己雖然很喜歡裁縫，也很喜歡小孩，但縫來縫去都是人家的衣服，看來看去都是別人的孩子，最後賸給自己的是一架縫紉機和一個空搖籃，所以她也不由自主地想到養上一頭貓、給外孫兒織織毛線衣的生活了。好在這一切都是不難實現的。他們已經勞苦了幾十年，現在鄉下有一幢小石頭房子，有一塊一百多平方公尺的空地，還有他們的養老金，足可以使他們無憂無慮地等到那一天，長著翅膀的天使來召喚他們的時候。

安娜的夢

一條河，碧綠的顏色，開始是平靜的，一轉眼就沸騰起來，像一鍋放在爐火上的水。她慢慢地脫了鞋，脫了絲襪，脫了裙，脫了襯裙，脫了……赤裸裸地走下去。奇怪，水並不熱，甚至她覺得有點冷。不是真的冷，是她忽然自覺到她赤裸裸的身體。身體浸在液體中，又不是純清的液體了。是黏性的，像牛奶，像摻了膠的肥皂沫；但又不是。展現在她面前的是一片鐵灰，差不多是黑黑的液體，襯著慘白的一片天空。顏色好像隨著她的念頭、她的情緒在改變；也許正相反，是顏色改變了她的念頭、她的情緒。她有點向下沉的感覺，兩手用力一拍，突然她感覺碰到了一件東西，一件長而硬的東西橫在她的面前，漆黑的，還鑲著亮晶晶的銅環子。是一個棺材漂浮著。兩個、三個，原來有無數的棺材漂浮著，一直伸展到慘白的天際。不光是棺材呢，棺材和棺材之間還有些白白的、軟軟的、有點發亮的東西。竟是些屍體！從棺材裡逃出來的屍體！男人的、女人的、老人的、小孩的都有。驀然間有一個蠕動起來，碰到她的腰際……

安娜坐在床上懶懶地劃了一根火柴，點著了一支菸。她不大想起來，雖然不是星期天，她也用不著忙著起來；橫豎今天她是完全沒有工作的。

她從毛罕醫生的診療室裡走出來，眼前有點發黑。在一間漆黑的窄室裡坐了一個多鐘頭。她想，她說，她想她的夢，她說她的夢。自然她也想別的，也說別的，可是夢是最重要的要想要說的東西。在她思索的時候，她沉在一片絕對的黑暗中，什麼也看不見。她一張口就有一股亮光不知道從那裡射出來，照亮了她的臉，她連黑暗也看不見了。她開始有點被人激怒的感覺，想把誰痛罵一頓才覺得痛快。她說了幾句無禮的話，也沒有什麼動靜，她就委屈起來。近來的不愉快的事情一下子都湧上來了：過年的時候惹克琳請了一大批朋友跳舞，獨獨忘了她。瑪麗姨媽聖誕節後寫了個賀年片來，郵票是倒貼的。她在咒人早死呢！倒貼了郵票就能帶來災禍麼？誰信？誰信？哈哈！義大利人最怕看見黑貓打梯子下過。小迷奴可不是黑的。可惡的小迷奴，前天一雙新絲襪叫牠給抓斷了兩條線。這還是若珂買的呢！也不是什麼好貨，他哪裡會買襪子呢！就憑他那副彎腰駝背的長相，也買不出什麼好東西來！嘟地一聲，燈光改變了顏色，一片紅刺痛了她的眼球。她閉上兩眼，很疲倦，有點恍惚入夢的感覺。

一條河，碧綠的顏色，開始是平靜的，一轉眼就沸騰起來，像一鍋放在爐火上的水。她慢慢地脫了鞋，脫了絲襪，脫了裙，脫了襯裙，脫了……

「近來覺得怎麼樣？」毛罕醫生胖胖的臉倒像個神父。

「還不是老樣子？睡得不早，起得晚，夜裡老作些亂夢。」

「我看安眠藥吃多了也不好，我給您酌量減一點。另外我給您點鎮定劑；這是含有維他命的混合劑，不會有壞影響的。」

「謝謝您。不過要是您不見怪的話，我倒想請問您一句，有個朋友跟我說，像目前您給我做的這種分析，拖久了非常不好。當然我並沒有告訴他我正在做著，這是閒談時提起來的。您看……」

毛罕醫生笑了。有一顆牙齒有點發黑，但並不令人討厭。

「還是那句話，我第一次就跟您說過的。心理的病態分析還是種相當新的治療方法，只能說是在試驗的階段，誰也沒有十成的把握。所以這種分析要在病人完全同意的情形下才可以進行。我們盡我們的力量在心理上和生理上幫助病人。你知道，現代的醫學差不多可以肯定沒有完全孤立的心理的還是生理的病症；不是心理影響生理，就是生理影響心理。您的夢境狂亂線已有下降的趨勢，要不是您所受的手術，您的腰……」

她突然又沉入黑暗中了。

她醒來的時候是一片白：白的天花板、白的牆壁、白的門窗、白的床、白的被單，連她自己的手也是慘白的。

她的肚子在隱隱作痛，尤其是腰部。

天是灰色的，好像還在下雨，窗外紫藤的葉子油亮油亮地滴著水珠。

一個全身白的女人走進房來，俯下身，掀起被單把溫度計探進去。

她聽說是一個男孩子，嘴唇挺厚，皮膚像咖啡加了牛奶。她不後悔，咬著嘴唇皮，火車已離開了日內瓦湖畔，不久就進入法國境了。巴黎，巴黎，又是巴黎！她本來想順路去看她的母親，可是她不敢，她還是一直回到巴黎。

她不想再看呂賢；但是他會在里昂車站等她的。怎麼辦呢？從第戎（Dijon）轉另一班車吧！

她還是先看蕙珂。樓梯很陡，又是轉來轉去的，她眞不知道有沒有力氣爬到五樓。差不多在每一樓她都停下來休息一會兒。她希望蕙珂不在，反正她自己有一把鑰匙可以進去的。天已經黑下來，樓梯間的計時燈已經滅過兩次。她從皮包裡掏出鑰匙，剛要插入鎖孔的時候，她發現門縫下有一線燈光漏出來。糟糕，惹珂一定在家！她停了一下，還是曲起手指輕輕地敲了兩下門。她聽見一聲輕咳，又是拖鞋的聲音。

門開了，正是惹珂。他顯得更瘦小，臉也更蒼白，似乎是沒有表情的。

他退了一步，讓安娜進去。

忽然她又聞到那熟悉的菸草的味道，床邊的小几上的菸灰碟裡盛了大半碟菸灰，還有半截香菸正在燃燒著。菸灰碟旁攤了一本書，另外一邊是那盞安娜在燈罩上戳過一個窟窿的檯燈。不過現在燈罩已經換過了，是橘紅色的，使房間的上半部都浸在這種光色中。窗簾已經拉起來。安娜不喜歡窗簾上那種斗大的紅花，可是今晚使她覺得似乎很親切。

惹珂的臉還是沒有什麼表情，他已經坐進一張皮椅裡。

「你不坐?」他說。

她坐下，笑了笑。

「今天有一個黑皮來找過你。」

她最不愛聽這個字眼兒，黑皮！黑人就是黑人，可是白種人卻偏偏管黑人叫黑皮！

「是呂賢！」

「還有誰？」

她低下頭。「我不想再見他。」

惹珂冷笑了一聲。「聽說你又把房子退了。」

「所以又得求人。這種不速之客到處都不受歡迎！」

「得啦，也用不著說這些。」惹珂的聲調軟了些：「是你自己要走的，我可沒趕你。你要來就來，反正你自己有鑰匙。」

「這不是來了！」

「呂賢說你去了一趟外國，我問他是哪裡，他說不知道。看樣子是知道的，不肯說就是了。」

「想不到你也成了個好奇的人，這個可跟你沒關係。」她自覺話說得過重了一點，就立刻接下去：「你眞的想知道，就告訴你，我去了一趟羅馬。你知道不知道我有個伯父在羅馬開鋪子的，去年死的？遺囑上的遺產也有我一份。也不是什麼了不起的東西，不過是些舊家具。我一下子就都賣了，然後到瑞士轉了轉就回來了。」

「你大概還沒吃飯吧！沒想到你來，廚房裡只剩了幾個蛋。」

「我不餓！」

「我給你煎兩個！」

她看著薏珂的背影，有點蹣跚。他穿一件深藍色的毛衣，把他那隆起來的背隱沒了。安娜感到一股酸味打舌頭底流出來。她閉上眼，忽然覺得累極了。

「您母親近來好麼？」

「還好，謝謝您。」

毛罕醫生搓了搓他的胖手說：「好吧，我不想趕您，不過……」他笑了笑，又露出他那顆稍黑的牙齒：「最要緊的是應該注意不要太累，不要睡得太遲。」

瑪麗姨媽從通往雜貨店的那個小門進來了，一面解圍裙，一面用她那雙小眼睛斜斜地盯著安娜。

「怎麼，你媽又進了醫院？」

「可不是！」

「啊，眞是的，想不到，想不到，是什麼時候進的？」

「上星期六。」

「是哪家醫院？還是聖約翰嗎？我就說，這家醫院可挺有名的。說起來你媽倒比我有福氣呢！你看，我一天到晚在雜貨店裡轉，哪有個休息的工夫！」

「瑪麗姨媽還是這樣會說話，把進醫院也當成一種福氣了。」

「對不起，我的小安娜，你可別見怪啊！我這張嘴溜慣了，可不是有心的。」

「我親愛的姨媽，我怎麼會把你的話當眞呢？我可不是我媽呀！這些年來，媽的病，還不多虧了你關心嗎？」

聽了這話，瑪麗姨媽怔了怔，但馬上就又堆出一臉笑容。

「說關心也沒有什麼好關心的。說句老實話，你媽的事誰管得了？自從你爸爸死了，她一會兒巴黎，一會兒里昂，一會兒有個朋友叫張三，一會兒又成了李四。我可不是當女兒的面罵娘，這可都是些事實，你自個兒也不是不知道的。你看，像這種事，誰插得下手？我是心直口快，有什麼說什麼，像你路易舅，在你媽面前裝好人，背後裡卻齜著牙笑。」

「姨總是姨，舅總是舅，一家人免不了磕牙咂嘴的，到底總比外人親。我親愛的姨媽，我媽說不定還得靠著你呢！你知道我的癌症誰知道能拖幾年。」

她發現有一絲忍不住的笑意掠過瑪麗姨媽的嘴角，她那雙小眼睛也閃出一種難見的光燄。

小迷奴在床前咪咪地叫起來。

安娜一伸手抓住了小迷奴的細腰，把牠放在膝上，擁在胸前，輕輕地拍著牠的頰，像對一個嬰兒似的。

「餓了吧，小迷奴？媽媽不好，還沒有去買牛奶呢！小乖乖，不要哭，不要哭，媽媽這就去，媽媽頂疼你，你是天下唯一的親愛的小迷奴。不要哭，睡覺覺，小迷奴！天下沒有人像你這樣可愛，小白鼻子，大綠眼睛，多漂亮的小迷奴！你是天下唯一的親愛的小迷奴……」

小迷奴向前跑，不停地向前跑。這是一條山路，崎嶇的山路，她吃力地跟上去。兩旁是流水，澎湃的流水；中間是一條狹窄的堤，滿鋪了綠苔。她好像赤著腳，走在綠苔上，不是輕軟的感覺，而是泥滑的。有幾次她幾乎失了腳。小迷奴頭也不回地向前跑。她叫牠，喊牠，都沒有反應，她只有跟上去。在路的前端似乎有一片迷茫的霧，障了她的視線。她不知道這條路到底有多遠，也不知道這條路到底通向何方。她回首四顧，到處都是迷迷茫茫的霧。這時候小迷奴已失了蹤跡，只剩下她一個人，孤零零的一個人在迷迷茫茫的霧中向前走。好像在宇宙洪荒的時代。她並不恐懼，只覺孤獨、迷惘。「我到哪兒去呢？」「我去做什麼呢？」她抓緊了被風鼓動的衣服，仍然不停地向前走。在繚繞的霧中，她所看見的只這白茫茫的、沒有界限、沒有距離的一片渾沌。

「小迷奴，我的小迷奴，你在哪兒啊？」

電話鈴聲響得怕人。安娜一手把小迷奴推下床去，一手把電話機從床旁的几上提起來，放在她聳起來的膝上。

「早安，安娜！」

「是惹珂？」

「睡了個好早覺吧？」聲調是愉快的。

「誰說？我早已經起來了。我已經把呼籲越南停戰的簽名單寄給惹克琳了。也寄給了毛罕醫生一份；我另外還附了一封信，問他可不可以捐給越南游擊隊的傷兵一點藥品。」

「眞的？別騙我了，你說話帶著鼻音，準還沒下床。……不過，這不要緊。你知道我爲什麼打電話給你？……米士勒告訴我，勃洛尼家庭職業學校要找一個人教法文，你有沒有興趣？」

「這要看待遇怎麼樣。」

「我問過了，這是家私立學校，待遇可以不照文憑算。不過也不要希望太大了，大概每個月七百法郎上下。」

「一星期要教多少鐘頭？」

「像別的學校一樣，十六個鐘頭吧？」

「十六個鐘頭，七百法郎，我不幹！」

「你老是吵著要工作……」

「我考慮考慮……每天去勃洛尼，來回至少一個多小時的地下鐵，你想我的身體吃得消？爲了七百法郎，得賣給他一星期十六個鐘頭……我看，我不幹！」

「爲什麼不先試試？你老是說沒錢用，閒得慌！」

「讓我考慮考慮再說……我看我不幹這個工作……你知道我沒法下決定。總之，先考慮考慮……」

「隨你的便吧！」聲調又板板的了。

安娜剛掛上電話，又拿起來，順手撥了個號碼。

鈴響了半天，沒人。

她剛要放下。

「哈囉……」

「是惹克琳嗎？早安，新年好！……我？我在巴黎，沒到別處去。……聽宜鳳說過了。你組織的新年舞會很成功……可惜可惜……郝伯怎麼樣？……去了一趟阿爾及利亞？見過布馬佃上校①了嗎？……噢，可惜。特稿還是寫了……沒看到。是幾號的？……惹珂這裡有《新觀察者》②，我一定找出來看看。小寶寶呢？……我還是老樣子。……馬馬虎虎，最近老是頭痛……哎，我不想這些……有什麼用？……謝謝、謝謝……我很佩服你的樂觀。我自己只是混日子。我看不見什麼希望，我不相信有什麼正義，這個世界上誰的拳頭硬誰就是老大！……其他的是一羣儒夫。也許我也是……有什麼辦法？我嘗試做點有用的事，對別人有用的事，像你一樣，我親愛的朋友……哈哈，我自己？也許有一天我會結婚……但不是跟惹珂，不是，絕不是！……因為我們彼此太了解。彼此太了解的人是不容易有情感的。再說惹珂的脾氣，你知道的，他可以半天不說一句話，這個我受不了。……也許隨便找一個有正當職業、有點積蓄的。我只是找一個飯碗……

我不作這個夢！我不相信有什麼所謂純情。大家彼此利用著點，彼此都有好處就夠了。……你們？你和郝伯，你們是例外。……天之驕子！你說還有什麼別的詞兒可以形容的呢？……好好，不談這個。……我見過了瑪麗姨媽。告訴你，哈哈，嘻嘻，嘻嘻嘻，對不起，我沒法忍住笑。你知道我最大的夢想是什麼？……你知道我那一羣可愛的親戚都相信我在伯父那裡繼承了一大批遺產，還有首飾……他們也眞信我的癌症。……你知道我最大的夢想是什麼？嘻嘻嘻！我寫好了遺囑。在遺囑裡我規定：那些有權繼承遺產的人，在繼承以前，必須在律師和我媽面前聽律師把遺囑讀完。在遺囑裡我要把媽在他們那裡所受的鄙夷、輕視和侮辱都一古腦兒交還給他們。並且規定繼承遺產的條件是，必須忍受媽的任何形式的詛咒。然後他們可以跟律師一同到銀行去，一同打開我所寄存的珠寶箱。你知道在珠寶箱裡我要放些什麼？……哈哈，嘻嘻，嘻嘻哈哈，我……要……我放上……兩顆羊屎蛋兒……眞的，不是玩笑，這是我最大的夢想。我會眞做的！……我要是不死？啊？我可沒想到這一點。我要是不死，我的夢可完了。……我希望我會死的，至少得死在他們前頭。……我不會自殺……我不知道，我自覺好像我必會死在他們前頭。……我並不找什麼意義……你說我滑稽，有什麼關係！哈哈，嘻嘻，這個世界還不夠滑稽嗎？我們大家都滑稽得要死，你不同意？……」

注釋

① Boumedienne於一九六五年六月發動政變，政變後任阿爾及利亞總理。

②《*Nouvel Observateur*》為法國一著名之評論性週報，讀者多為知識分子。

社會助理員

奧娣當社會助理員已經快三年了。現在她想轉行想得厲害。爲什麼?開始她也說不出個所以然來,只是覺得乏味,好像對什麼都提不起勁兒來。社會助理員不是個什麼了不起的差事;可是,奧娣自己呢,本來也並無大志。一個女孩子,又是生長在二十世紀一個生活安定工業發達的國家裡的女孩子,心情跟在封建時代或在鬧革命的國家裡的年輕人是不大一樣的。拿破崙、希特勒、史達林,這些烜赫一時的人物,現在只有鼓著僵死的眼睛蹲在石膏座子上:希特勒和史達林連這點福氣也不多。年輕人對他們哪裡還看得上眼?碧姬芭杜、馬龍白蘭度一類的人,似乎比較多一點人味兒;但這是些「星」,是些用黃金鑲在鏡框裡的粉臉,只會露著牙向人笑。最後呢,年輕人把這些都丟開,沉在咖啡館的一個陰暗的角落裡,躲在報紙後面作自己的夢。其實倒並不是眞作什麼夢,不過在聚精會神地一條條地細讀分類廣告那一欄:××企業公司徵求技術人員……徵求女接待員,品貌端正,裝束入時……吉房兩間,外帶廚廁浴,建築堅固,月租六百法郎,雜費在外……

社會助理員到底是個什麼差事?從字面上看,又是社會,又是助理,大概也可以猜到個八成。原來人自從有了社會以後,越來越不懂社會是一檔子什麼事兒了,得要個「員」來幫忙解釋一番才成。這樣給社會助理員下注解,大概也差不到哪裡去。事實上,現代的社會組織既然嚴密起來了，法律定的眞是細如牛毛。譬如說社會保險法吧，大病如何如何，小病如何如何；生了孩子，一個孩子該有多少家庭津貼，兩個孩子又該有多少；夫妻兩人都做事的是一樣，只有一個人做事的又是一樣；不需要負擔父母生活的是一樣，需要負擔父母生活的又是一樣；退休以後，工作間斷過的是一樣，未間斷過的又是一樣；參加保險較早的是一樣，較遲的又是一樣，等等等等。這些五花八門的法律條文，誰能都弄得通？就是弄通了，誰又能都記得住？所以產生了這個新差事，專門替一般人解決這許多社會生活的疑問。

這個差事也不是好幹的，第一需要耐性，第二需要好心。抱著問題來的，如不是關於社會保險，也出不了經濟生活的圈子，一個字兒：「錢」！人一碰到錢，心就細起來了，眞是打破沙鍋問到底兒，非弄個水落石出不可。記憶力不佳的，問了後一項，前一項又忘了，免不了得重打鑼鼓。遇到腦筋不清楚的，更是糾纏不清。你說，如沒有耐性，誰吃得消？說到好心，似乎更重要。社會保險的目的，不過是爲人羣謀福利。可是有的人生來似乎就對人懷著嫉恨，看著別人得點好處，心裡總覺得很不自在；甚至於看見別人吃了虧，才跟自己占了便宜一樣的高興。這樣的人準不能幹這種職業。因爲這種人只有處心積慮地讓別人少得點利益，哪裡肯替旁人打算盤！可是如果當社會助理員的算盤不給打，自己還眞打不了！再說這個差事，雖說是個公職，但總不是個官員。如果是個官員，也可以打打官腔、擺擺架子、發發脾氣什麼的。既然不算眞正的官員，操不著別人的生殺大權，這些個也都使不出來，所以只有和和氣氣地替人操心的分兒。

說起耐性和好心來，奧娣一樣也不缺。她想轉行倒不是受不了一般人的囉唆，而是由於一個更重要的問題——人生觀，其中又牽扯到個性的問題。

一個人的人生觀大概跟家庭出身、社會環境很有關係。生在一個經濟關係不平等的社會裡的人，難免想要革命。出身於一個貧苦的家庭，便憋著一口氣非要出人頭地不可。生在一個過於優裕的家庭裡，很可能反倒覺得人生沒有意義。法國目前的社會經濟關係，不平等的現象不是沒有，但卻沒有不平等到使每一個年輕人都想革命的程度。尤其近幾年來，由於社會保險制度的普遍推行，把一般人的經濟生活拉平了不少。譬如說看病和治療，一般做到除了資本家、老闆之外，不管各業各色人等（外國人在內）差不多一概免費的程度。收入不足、負擔過重的家庭，不但不用繳納所得稅，反而可以接受社會保險機構的家庭輔助或津貼。這樣一來，眞正吃不上飯、穿不上衣、生了病治不起的情形是沒有了。至於能不能坐上汽車、住上大廈，客廳裡能不能擺上電視機，畢竟是些較爲次要的問題。要鬧革命，自然還是有藉口的，但在這種情形下，總引不起那種拚個你死我活的勁兒來。再說奧娣的家庭呢，是屬於普通的小資產階級的那一類。父親出身於高等師範學校，當了一輩子中學教員。在法國，中學教員和大學教授的界限，並沒有像在中國似的隔得那麼遠。在中國，大學教授的待遇雖然也並不多麼好，但一提到「教授」二字，便有點令人肅然起敬的味兒。至於中學教員，那是跟擦皮鞋的歸入一類的。在法國，大學教授、中學教員一律稱Professeur，而且待遇上也相差無幾，所以雖身居宿儒的飽學之士也有甘心在中學裡待上一輩子的；並不一定有非要擠入高級學府不肯善罷甘休的壯志。而且高等師範出身的學生，在法國教育界不論在名義上還是待遇上，都是坐第一把交椅的，所以奧娣雖然有兄弟姊妹五六人之多，雖然只靠了她父親一個人的收入，經濟生活上卻從沒有遇到過窘促艱困。奧娣的母親是一個溫婉的家庭婦女，從沒有出外做過事。大概經過拉大了五六個孩子的磨練，脾氣好到了極點，連說話都是慢條斯理的，生怕大氣兒把人吹壞了似的。奧娣生長在一個這樣的家庭環境，既不曾憋著一口非要出人頭地的氣，又沒有把人生看得毫無意義，再加上天主教的薰陶，奧娣的人生觀應該是最普遍的那一類：使自己生活過得好，也要替社會盡些本分。現在個人和社會之間的利害關係，又是由於社會保險的制度，變得更加具體，更加明顯起來。誰都知道，如果社會保險制度一旦發生故障，不知道要立刻波及多少家庭！所以這種社會道德心，被直接的經濟利益穩固起來。可是奧娣的本性是屬於情感勝於理智、具體重於抽象的那一型。譬如說讓她到科學院做研究工作，她一定受不了。她不但缺乏那種理智的分析的頭腦，而且也無法從這種間接的抽象的工作中感覺出其社會的及人生的意義來。本來在當初選擇職業的時候，她曾在護理和社會助理員中間猶豫不定，便爲了想知道哪種職業更能滿足她的自我價值感，也就是說使她更自覺到她對社會的貢獻進而肯定了人生的意義。現在她才知道，社會助理員的工作對適應她本性的要求，還是隔了一層。因爲她整天坐在辦公室裡，接電話、接待有疑問的訪客、幫人塡寫表格，問題一解決，客人就不再上門了，直到下一次新問題又來的時候。在這樣的工作中，她無法體驗到她自己到底對別人有多少用處。自然在理智上她明白這種差事的重要性，可是在實際的工作中，她無法把這種重要性具體化起來。這就是她想轉行的眞正原因。

幸好奧娣是進過護理學校的。不但因爲護理是做社會助理員必修的一門課程，而且奧娣本來曾有過做護理的念頭，所以她學的護理比一個社會助理員應學的多得多。現在她又轉起了這個老念頭。爲了這件事，她跟佛郎斯——她結婚剛一年的丈夫商量過不知多少次。起初佛郎斯總是不表同意，因爲護理的待遇——如果經驗不夠的話——是比社會助理員差一點的。可是終拗不過奧娣的堅持，到最後也就不置可否了。

奧娣的願望終於實現了，她在一家肺病療養院找到了一個護理的位置，四天日班加一天夜班。除了上班以外，晚上她還要負責做她和佛郎斯兩人的晚飯。中午他們都不在家中吃飯。奧娣爲了害怕發胖，中午只吃一瓶酸乳酪、一顆蘋果或一根香蕉、一杯咖啡而已。

佛郎斯在一家廣告公司做事，職位很低，待遇不好。他是學法律的。修完學士學位，他原想寫一篇博士論文，可是準備論文的許可考試，一連失敗了兩次，他實在有點灰心。他又想轉行做記者，因爲他天性好動，喜歡東流西蕩的生活。可是開始做記者總也得抓到一點關係。奧娣有一位女友認識報界的幾位知名之士，推薦的信是寫了，卻始終不見下文。現在他只有把精力從辦公室轉到家裡來，他自己動手，在一年之中把他們的兩間房一間廚房粉刷了兩次，雖然其中也有點說不出的苦衷。

本來他們結婚之後所遇到的第一個難題就是居住的問題。他們每天買了報紙細讀每條租屋廣告；跑了幾天，不是太貴，就是太差。後來幸虧奧娣的父親忽然想到他自己還有一筆錢存在銀行裡。存銀行，每年至多只有三分息；買股票可以多一點，但多少得擔些風險。所以他提出這筆錢在義大利廣場左近買了一所兩間房的公寓，租給了他的女兒和女婿。這樣，對奧娣跟佛郎斯來說，比租別人的便宜；對奧娣的父親來說，跟存銀行差不多，也許還要好一點；眞是兩得其便。像這樣的父母，在法國也並不多見呢！有的老頭子老太婆，只有把錢抓在自己手掌心裡才覺得放心。其實這也怪不得老年人吝嗇，有些過於慷慨的老年人，把家產早早地轉給了自己的兒女，不想兒女到頭來把臉一變，老頭子老太婆弄得無家可歸的不是沒有。

這兩間房自然是舊的。裱糊紙已經落成灰溜溜的老鼠皮，當然配合不上新婚的那股新氣兒。請人裱糊或是粉刷，少說也得千把法郎，佛郎斯便自告奮勇自己動手幹。事先花了兩天的工夫，遛了不少裝飾公司，抄了不少的新花樣。在裝飾這一點上，佛郎斯跟奧娣的口味是不大一致的，奧娣的口味近於古典，佛郎斯的趨於時髦。兩人一開始討論就說不到一塊兒，吵起嘴來更是越來越遠。奧娣賭氣不管了，佛郎斯便按照他自己的新花樣來幹。他的設計是：臥房是藍的、客廳是綠的、廚房是黃的。藍色表示海洋，睡在裡面每天都覺得好像在法國南部的「蔚藍海岸」度假一樣。綠色代表春天，也代表青春，接待朋友的時候，令人有郊遊的感覺。黃色是開胃的顏色，你不看主要的食品像麵包奶油什麼的，不都是黃的嗎？這還不算完。佛郎斯覺得一個顏色還不夠新穎，他又主張把臥房的一面牆弄成赭色的，代表大海裡的島嶼。不知在哪家裝飾公司得來的靈感，佛郎斯主張把原來平滑的牆壁弄成凹凸不平的才更夠味兒。反正他老丈人從來不進他們的臥房，不至於提什麼抗議。好，一切按照計畫進行，一切也按照佛郎斯的願望實現了。不幸藍色用得過深，加上窗戶又小，整個臥房不但不像海洋，倒有幾分陰森森地像地獄。奧娣越住越不是味兒。夜裡偶然一睜眼，看見那凹凸不平的赭色的一面，竟像無數鬼怪在牆上亂爬。奧娣第二天不肯再在臥房裡睡，要獨自搬到客廳裡去。客廳的綠色雖然不見得引起春天的感覺，還勉強過得去。至於廚房裡的黃色，實在有點刺目，因爲事實上有些頂頂倒胃的東西也是黃色的呀！佛郎斯開始的時候還嘴硬，奧娣威脅著要把她父親叫來看他弄壞了的牆，佛郎斯才慢慢地軟下來，不得不承認事實上跟他的想像多少有點出入。一賭氣，把剩的一點粉彩，都潑到客廳的春天裡了。這一來，這僅有的一間過得去的，也遭了殃。不得已，又重新粉刷第二次。這一次借重了奧娣的古典的意見，把臥房粉成白的，廚房改成淡紅的，客廳保持綠的，但不像原來那麼濃，總算勉強住得下了。可是這一來，花了佛郎斯好幾個月的時間，哪裡還有工夫準備博士論文的預試！看看第三次恐怕又將無望了，他便索性暫時擱起這一個念頭，兩人計畫利用暑假的時間到摩洛哥去旅行。佛郎斯久已嚮往於阿拉伯文化，而且也學過幾天阿拉伯文，奧娣也盼望有一次在沙漠中騎駱駝的經驗，兩人的願望都可以在摩洛哥實現的。可是問題來了，聽說摩洛哥的交通工具不像法國這麼方便，要旅行，最好有一部自備的汽車。要有一部自備的汽車不難，錢多買新的，錢少也可以買一部舊的。但總得有人來開呀！佛郎斯跟奧娣都不會開車。這也難不倒他們，年輕人有的是精力和興趣，自己學！現在法國差不多每條街上都有一家汽車駕駛學校，只要繳上學費，學上那麼一二十個鐘頭，不就成了！一次考不取駕駛執照，再來一次，不行再來，到了總考得取。結果不到三個月，兩人都考取了駕駛執照。車也買了，雖然舊一點，跑起來還算平穩，就是偶然喘喘氣、漏點油。

奧娣對護士的工作很滿意。現在她可以從病人的呼喚中感覺到自己的重要，從病人的眼光中發現了她自己的價值。人生畢竟是有意思的。現在趁著年輕，趁著還沒有生孩子，他們做了許多新計畫，像旅行啦、爬山啦、看戲啦等等等等。雖然佛郎斯失意於博士論文的預考，可是他仍然生氣勃勃的，好像有無限的希望在等著他們。

加特琳的婚禮

朋友們都齊聲稱讚加特琳的勇氣。

加特琳終於要結婚了。

三十五歲，對一個人來說，已經過了差不多半生；對一個女人來說，更是一個嚴重的數字。有的在這個年紀已經生了五個孩子，有的在這個年紀已經離了兩次婚。在這個年紀，要是還沒有結婚，通常也都注定了或抱定了做一輩子老小姐的命運。可是加特琳竟然在這個年紀要披上婚紗、走進教堂去。有些刻薄的朋友笑得把嘴咧到耳根；但大多數都衷心地欽佩她的勇氣。

加特琳認識皮耶少說也有五年了。打第一眼看見皮耶的時候起，加特琳就已經決定要嫁給他；可是不幸，皮耶沒有這個意思。當時加特琳的朋友們都勸她不要打這個主意，因為加特琳和皮耶是兩個個性完全不同的人。不要說皮耶不想鑽這個加特琳打好的套子，就是鑽了，也不會是幸福的一對。她的朋友們都覺得自己很聰明、很客觀，也極熱心地替加特琳出主意。可是加特琳的主意只有一個：抓住他、捆住他。如果能捆住個別的，也是一樣，但重新做一個套子也不是件容易的事，何況日子又那麼飛也似地往前跑；跑得令加特琳有些頭昏目眩，所以寧願在這個已做好的套子上多加上幾條繩索；她的繩索就是耐心、耐心、耐心。

加特琳的耐心終於得了報酬。不管這報酬是甜還是酸，但終歸是一個報酬。在三十五歲的年紀，踏著結婚進行曲走進教堂去，不知有多少不同滋味、不同形狀、不同聲音的回憶一齊湧上心頭。現在的皮耶是否還是五年前的皮耶呢？是；又不是。五年前的皮耶是不肯鑽加特琳的套子的人，現在竟然肯鑽了，能說是同一個人嗎？然而酸了的牛奶也可以做成乳酪。乳酪雖然已經不是牛奶，但總是牛奶變來的。要知道牛奶怎麼變成乳酪，我們應該先來說一說加特琳和皮耶的身世。

加特琳是吉耶納（Guyenne）省人。她出生的那個小鄉村離法西邊境不遠，說不定她自己就有西班牙人的血統。她的頭髮和眼睛都似乎比普通的法國人來得黑些。她的父親是一個皮鞋匠，母親是一個莊稼人。她的母親嫁給她的父親之後，自然就幫她父親做皮鞋了。她共有兄弟姊妹六人。早些年在鄉下做皮鞋，生意還算不錯；但自二次大戰結束、法國經濟復興以後，工業越來越發達，交通越來越方便，工廠裡做出來的皮鞋又好又便宜，大都市的鞋販子經常到窮鄉僻壤的集會上串賣，鄉下人自然不願意再買那些又貴又不一定合腳的手工做的皮鞋了。她的父親的主顧一天天地少起來，後來只有靠替人修理皮鞋爲生。這個職業供養一個老婆、六個孩子自然是艱難的，所以他們兄弟姊妹都早早地離開了學校，自己幹起活來。加特琳在他們兄弟姊妹之中是書念得最好的一個，也只能在中學裡待了三年，就到巴黎來謀生了。

加特琳來巴黎的原因，是因爲她有兩個姊姊在巴黎，一個結了婚，丈夫在工廠裡幹活；一個沒有結婚的在一家皮鞋店當店員。頭幾年，加特琳也沒有固定的工作，一忽兒在郵局暑假職員放假的時候去幹上兩個月的臨時工，一忽兒替人家看上幾個月的孩子。生活是可以維持了，但要想積幾個錢是難的。她本來算盤打得不錯，心想到巴黎來賺幾個錢之後，再繼續念書。但混了兩年以後，心也就灰下來了。

就在她暑假期間到郵局幹臨時工的時候，認識了莫妮克。莫妮克也是利用暑假的時間來賺幾個錢的，但她的身分與家庭都跟加特琳的有著一段距離。莫妮克的父親是律師，自己是巴黎大學法學院的學生。她暑假去幹臨時工，並不是爲了生活，而是想賺幾個錢之後到希臘的小島嶼中去跟朋友們撐帆船。這個錢，她的父親不是拿不起，也不是不肯給，而是莫妮克不肯伸手要。二十歲以上的人誰肯再伸手向父母要錢！

她們家庭間的距離並沒有影響她們彼此之間的好感；她們只在一起工作了一個月，便成了要好的朋友。

加特琳自從自己工作以後，很少跟她的兩個姊姊來往，因爲她的兩個姊姊對她都極爲冷淡。也許因爲她錢賺得少，惟恐被這個妹妹占了什麼便宜去。倒是她常常去看莫妮克，她的心事也只有可以對莫妮克傾吐。因爲莫妮克的關係，她也認識了莫妮克的家庭和莫妮克的一羣朋友。她自覺好像進入了另一個世界，另一個她從前全不認識的文明世界。莫妮克的父親很詼諧，但用字頗有分寸，不像她自己的父親一張嘴就是「媽的×」。莫妮克有一個弟弟，也是一派溫文爾雅，不像她的兄弟們捲起袖子跟她的母親對罵。莫妮克的朋友們在一起談文學、談繪畫、談電影、談音樂、談人生，不像她從前所認識的朋友們那般只對談錢和談如何跟男人睡覺有興趣。這一切不但使她覺得自己高尚起來，同時也引起了她的自卑感。她覺得自己好像劈作了兩半，一半是高雅的，一半是粗俗的。不管她多麼嚮往著高雅，她自覺自己卻深深地陷在粗俗之中；好像全身沾滿了污泥，不知到哪一天才可以洗個乾淨。

就在這樣的心情中，一件意外的事故，使她完全失去了心理上的平衡。她這時正在一個有五個孩子的家庭中擔任保母的工作。加特琳是個天性喜歡孩子的人，再加上她一份過人的耐性，不久就贏得了那五個小東西的歡心。不幸這家的男主人是個風流種子。加特琳雖說不上多麼漂亮，但年輕的女人，如不是醜得出奇，都具有那麼一股天然的誘人的力量。於是遇到女主人恰巧不在家的時候，男主人便不免藉機風言風語、毛手毛腳起來。加特琳頗知彼此的身分，一直保持著一種和氣但卻冷峻的態度，使這位男主人雖垂涎三尺，卻也無機可乘。不過久而久之，這番光景被女主人看在眼裡，不知是無意還是存心，有一次正當男主人扮演那一個多情的腳色的時候，女主人忽然闖進房來，不用說，是一頓大鬧。女主人不說自己的丈夫不好，卻說加特琳故賣風騷，把罪過一古腦兒都推到她的身上。加特琳有口難辯，只有捲鋪蓋走路。哪裡去？她知道她在她姊姊們那裡是不受歡迎的，想來想去只有投奔莫妮克一途。不想剛到莫妮克家不久，就有些精神恍惚、胡言亂語起來。弄得莫妮克手腳無措，趕緊請醫生、送醫院。據醫生判定的結果，是精神分裂症。差不多好幾天人事不知，兩個多月才康復出院。出院以後馬上就面臨著生活問題：工作、居處，一樣也沒有。這一切都多虧莫妮克和她的朋友們熱心幫忙，才一一解決了。

加特琳被介紹到一家美容院擔任登記的工作。這時候莫妮克已經結了婚，加特琳已經二十八歲。巴黎雖說是一個五光十彩的花都，但當一個單身的女人獨自住在一間閣樓裡的時候，每天只有上下班、地下鐵和從閣樓的小窗洞裡仰望那一角時常晦暗的天空，其凄涼與孤獨的滋味是不言而喻的。加特琳唯一的希望是找一個終身伴侶，結婚。雖然她不敢仰望有莫妮克一樣的福氣，但至少有一個男人，愛她的男人，就是醜一點、窮一點，甚至老一點，都沒有什麼關係。

外國人總以爲法國是一個浪漫多情的國家，殊不知浪漫與多情也只不過屬於某些階級的特權。像加特琳這樣每天工作七個半小時的小職員，不是不想浪漫多情，但第一沒有這個時間，第二沒有家庭與社會的關係，連個對手也沒有，怎麼浪漫得起來？要說單槍匹馬地去鑽地下咖啡館，尋找意外的豔遇，也並非不可，但是加特琳又沒有這個勇氣。加特琳的苦悶，莫妮克是知道的。湊巧莫妮克的丈夫的朋友不是已經結了婚，就是些眼睛朝上看的男人，莫妮克沒有這個膽量給加特琳介紹，於是只有勸她去參加一些由教會組織的晚間的青年聚會。既然是由教會帶頭組織的，參加的人大概總是正正經經的人物。就在這樣的聚會中，加特琳認識了一個年輕的社會調查員，名叫皮耶。

皮耶比加特琳小兩歲，不漂亮，但很精明。他幹的這一行說來也很特別，是替一家製造電冰箱、洗衣機等的大公司做社會調查及統計的工作。凡是大規模的公司，大概都有這樣的一個部門，爲的是隨時知道哪一個階層的人是目前可能的顧客，哪一個階層又可能是未來的顧客，顧客的經濟環境，收支情形如何；甚至於整個社會經濟動向也在調查範圍之內。皮耶是個野心勃勃的青年，除了白天的工作以外，夜間還在夜校研究經濟統計學和經濟原理，一心一意地想奪得一個經濟學專家的頭銜；至少也得坐一坐哪家大公司的社會經濟調查主任的交椅。他這一番野心，也有一種心理因素在內。皮耶是一個沒有父親的孩子。他的母親是一家紡織廠的女工，從沒有結過婚。他的母親本說他父親早已死了，後來他才知道其實還活著，是一個高等學校的教授。他也曾嘗試尋找他父親的下落，下落找到了，可是他父親有他自己的地位和家庭，是不能也不願承認他這個兒子的。因爲這不止牽涉到家庭情感的問題，同時也關係到法律上未來繼承權的問題。一個搖頭不承認，問題就簡單了千百倍。皮耶也不是不了解這一番苦衷，可是那一種無父的隱痛卻深深地割裂了他的心。同時他父母社會地位的懸殊，也不能使他安於他的母親所能給予他的地位。也許正由於這種隱痛，加強了他那企望一步一步往上爬的野心。

他和他的母親雖然同在巴黎，但卻並不住在一處。他們分居已經好多年了。自從他感覺和他的母親已沒有共同語言的時候，他就離開了她，獨自租房居住。他的母親沒有受過什麼教育；但皮耶除了在學校中所受的教育之外，卻是個整天鑽在各種各樣的書本子中的人。這個世界雖然只是一個，但在他們母子兩人的眼裡卻顯出兩種截然不同的面貌。就說同是經濟的問題，他母親所關心的柴米油鹽，引不起他的興趣；他所挖掘的經濟原理，他的母親也是一竅不通。不要說同居於一個屋頂之下，就是每個週末當他去看他母親的時候，在短短的一頓午餐或一頓晚餐的兩個小時之內，他已感到找尋話題的困難，同居自然成了一件不可能的事。

皮耶正像加特琳一樣，他的家庭對他的婚姻問題毫無幫助。不要說紗廠裡的女工他是不屑一顧的，就是淺薄一點的同學也放不到他的眼裡。自從他認識了加特琳以後，他覺得加特琳倒是一個有意思的女人。加特琳雖說沒有受過什麼好的教育，她卻從莫妮克和莫妮克的朋友那裡學到了不少東西。也就是因爲她的見識和她出身的差異，才引起了皮耶的驚奇和好感。但無論如何，加特琳的見識比起皮耶的來，還是有著一段相當的距離的；何況皮耶又是個野心勃勃的人呢！

一認識皮耶，加特琳已經幻想著一個溫暖的、至少有五個孩子的家庭了。皮耶呢，他的眼睛只盯著他的文憑和未來的頭銜。也許這並不是眞正的原因，眞正的原因可能他自覺加特琳配不上他，也就是說加特琳夠不上做一個經濟學家的夫人，得先把問題看得遠一點兒。不過爲了緩和青年人的那股熱情，他希望加特琳做他的情婦。每個星期或者每個月，當他膩了書本子而想換換口味的時候，聚會那麼一兩次。對這一點加特琳卻猶豫了。貞操，在這個時代，雖說早跟封建一起進了墳墓，可是不進教堂就跟一個男人躺在一張床上，對加特琳來說，還是件相當彆扭的事。她覺得愛他，按照她的邏輯，愛情只有一個歸宿：結婚。她並不懷疑皮耶對她的情感，她只想皮耶還年輕，學業還沒有完成，不想結婚也是情理中事，因此她對皮耶的提議既不願接受，也不能拒絕，她沒了主意。她去請教莫妮克；莫妮克又去請教她的朋友們。討論的結果，問題的重心轉了方向，大家覺得困難處不在進不進教堂，而在加特琳是曾經患過精神分裂症的人，患精神分裂症的人，在法律和道德上是不是有品嘗那婚姻的蜜汁、甚至只做一個室外的情婦的權利？對這個問題，各人有各人的主張，各人有各人的見解，談論來談論去，不得要領。去問醫生，醫生說這不是醫學範圍內的事，不便參加意見。去問神父，自然是去問比較前進的那一派。前進的神父說，像這種情形，他比較主張自由結合。雖然前進，總是神父，情婦一詞還是避之為妙。自由結合和情婦雖然不是個同義詞，但本質上多少有些相通之處。神父既然可以主張自由結合，俗人做做情婦又何可厚非？於是加特琳從此成了皮耶的情婦。

加特琳雖然不能實現生五個孩子的夢想，但至少每個星期或每個月有一個男人睡在身旁，已經是足夠幸福和驕傲的了。她自然很興奮地把皮耶介紹給莫妮克和莫妮克的朋友們。不幸，毛病就出在這一番興奮勁兒上。在莫妮克的朋友們中間，有一個黃髮碧眼的小姐，叫做克勞黛，一向是以獨立不羈、行為放蕩有名的。她是塞納河畔美術學校的學生，父親是政府中不知哪一部門的主任。不想這位放肆慣的克勞黛竟對貌不驚人的皮耶一見鍾情，不到一個月，克勞黛就接替了加特琳的地位。而加特琳呢，又再度進了精神病療養院。這一次似乎比上一次嚴重，足足住了半年才完全康復。莫妮克永遠是一個熱心的朋友，把加特琳接到她自己的家裡。加特琳一面代莫妮克看看小孩，一面到一家打字夜校學習打字。後來在一家中學找到一個打字員的工作，又重新住進了閣樓，每天又是上下班、地下鐵和從天窗中仰望那一角時常晦暗的天空；算是把皮耶忘了。

皮耶自以爲嘗到了愛情的蜜汁，不過這一回情形反過來，皮耶想跟克勞黛結婚，文憑倒可以暫時擱一擱了；只是克勞黛不肯。她很坦白地說：

「我先把話說在前頭，我根本不相信愛情的持久性，我也不想生孩子。結婚這檔子事兒，不過是社會上積成的惡習。相愛時就聚在一起，不愛時就各走各的路，豈不乾淨利落？」她笑笑，又補上一句：「我是個自由人！」

皮耶也無話可對。

他愛她，大概是眞的愛她吧！她愛他，也不能說是假的。可是一年後，她漸漸對皮耶冷淡起來，她在實踐她的理論呢！開始時若即若離，後來乾乾脆脆地告訴他，她已經不愛他了。皮耶受不了，慟哭流涕，把拳頭都搥出血來。等他知道克勞黛愛上了一個德國人的時候，他差不多瘋了。不知從哪兒弄來了一把手槍，朝克勞黛連放了兩槍，一槍穿裙而過，一槍打斷了克勞黛一條肋骨，幸而沒有碰上要害。結果是三年徒刑代替了經濟學專家的美夢。

頭一年，皮耶的母親是常常來探監的。

第二年，皮耶的母親死了，就再沒有人來看他了。

在獄中他看了不少哲學的書，由經濟學家一變而爲哲學家了。他寫了一本回憶錄，懺悔他的過去。他覺得不但對不起加特琳，而且也對不起他的母親。他談了不少人性的問題。但可惜他不是名人，沒有出版商肯出版他的回憶錄，其至連看也不要看。

到第三年，忽然來了個探監的女人。很憔悴，而且有些臃腫，對他差不多是一個陌生的人；但從那漆黑的眼珠中他終於認出是加特琳。

加特琳兩手緊抓著隔離犯人的鐵柵欄上的鐵杆，她看見一個削瘦的人向她注視了半晌，又急急忙忙地背轉身去。

「皮耶!·皮耶!·」她的聲音抖得厲害，無法抑制。

她望著那藏在一件灰襯衫下的一塊枯柴似的背，她自問這就是皮耶嗎?她也幾乎認不出他來了。他瘦得像一條餓了多天的野狗，頭髮髒兮兮地聳立著。

「皮……耶……」她覺得好像有個什麼東西想從她的喉嚨裡直跳出來。

那個削瘦的人終於又轉回身來，她看見一張掛滿淚痕的蒼白的臉。

皮耶出獄不久，加特琳就向朋友們宣布了她將與皮耶結婚的消息。這使認識他們兩人的人都不免大吃一驚。

所以在舉行婚禮的這一天，所有被請的客人沒有一個是缺席的。有的是爲了同情加特琳的勇氣和耐心而來，有的則是爲了好奇，想看看這個殺人未遂的凶手到底長著幾個腦袋。莫妮克和她的朋友們，除了克勞黛之外，也都出席了。

早到教堂的客人，三三五五地湊在一塊兒，交頭接耳地議論紛紛。有的說皮耶本是愛加特琳的，不過受了克勞黛的引誘才吃了虧；有的說皮耶根本不愛加特琳，現在是出於不得已；有的說不但皮耶不一定愛加特琳，就是加特琳也不保準眞愛皮耶，只爲了不甘願做一輩子老小姐，才來撿這一個現成的——一個沒人敢要的凶手。

新郎新娘的汽車到了教堂門口，客人們閉起嘴來。

不知爲什麼，大家都覺得當新娘走進教堂時所奏的音樂格外的莊嚴、格外的美，只是帶著點煞氣。

一個三十五歲的臃腫的女人，挽在一個削瘦而蒼白的男人的臂膀裡慢慢地走向禮壇。

加特琳的臉上充滿了天眞和悅的笑容。皮耶卻陰沉著，使人覺得他是一個不可捉摸的人。因此不少參與婚禮的人都替加特琳捏著一把汗。

人生本來是一種探險，未來總是難以預料的。但就這一刻而論，在加特琳臉上所展現的那一副天眞而和悅的笑容，使人覺得她終於獲得了她所企望的幸福。

保羅與佛昂淑娃絲

保羅跟佛昂淑娃絲結婚剛滿五年，已經有兩個孩子。

保羅在大學時是學化學的，現在在一家製造果汁的工廠擔任化驗果汁和試驗新產品的工作。有時候他把試驗的新產品帶回家來，大家得捏著鼻子喝。同時他還準備一篇有關果汁發酵作用的博士論文。

佛昂淑娃絲是學按摩術的。她很喜歡給人按摩，但最喜歡的是給保羅按摩。她現在擔任一個按摩師的助手。因為有兩個小孩，只工作半天。

他們都出生於中產階級的家庭。佛昂淑娃絲的父親是房產經紀，保羅的父親是會計師。都算不窮，除了自己的住宅之外，在海濱或山區都有一處度假用的小別墅。可也不算富，眞要擺大排場也擺不起。

因此，保羅跟佛昂淑娃絲這五年的婚姻生活，也許可以做為這一代法國普通青年婚姻生活的一個代表。既然法國有十分之一的人口住在巴黎，我們就讓保羅和佛昂淑娃絲也住在巴黎吧！

結婚第一年

蜜月旅行去的是義大利跟西班牙。回來後兩人都曬成了棕色人，兩人都有點疲倦，但精神是愉快的。佛昂淑娃絲幾乎每時每刻都掛在保羅的臂彎裡。

兩人第一次住進了做房產經紀人的佛昂淑娃絲的父親代爲租好的一所兩間房的公寓。月租四百五十法郎。佛昂淑娃絲開始學習做飯；保羅開始習慣把腳蹺到桌子上看報和抽菸斗。白天兩人都去上班，晚上待在家裡，或偶然去看場電影。週末去房產經紀人家午餐，去會計師家晚餐；或是相反。這是種義務。自然兩人比較喜歡跟年輕的朋友們打哈哈，所以有時就借故推掉了會計師和房產經紀人的定時邀請。

會計師和房產經紀人的太太有時來串門子，自然得先打電話約好了。來時總帶著吃的用的東西，仔細察看他們新置的家具，問價錢，批評顏色和款式，對廚房裡的東西特別有興趣，談的是些生孩子和死亡的問題。

兩人有時有些小糾紛，譬如說保羅偶然回家遲了，或佛昂淑娃絲在湯裡多放了鹽，但不等第二天就和好了。

兩人計畫買一部汽車。買舊的價錢固然便宜，但以後不知要賠上多少修理費，不上算，還是以分期付款的方式買新的。分期付款也許是個好制度，年輕人先把勞力的報酬預支了，將來懶是偷不成的。這大概得算資本主義社會的特點之一，生產是跟著消費跑的。在這樣的社會裡，絕沒有人鼓勵節約。因爲消費不高，生產品就要滯銷；生產品滯銷，生產就要停頓；生產一停頓，失業問題就來了。所以節約不但沒有好處，反可能釀成嚴重的社會問題。雖說不用特意節約，但在過去的時代，一個正常的人都懂得量入爲出。如果賺一個花兩個，誰都明白勢必破產不可。可是現在不同了。現在事事都可以預支，尤其是爲了使生活舒適方便的裝備，像汽車、冰箱、電視之類，都可以用分期付款的方式先用了再說。大一點的，像房產，也可以分期付款，只要你有正當的職業、有人壽保險。正當的職業是爲了保證你的財囊不致中斷；人壽保險是保證一旦你嗚呼哀哉，保險公司會代你負起責任。這種制度無非是使大家互助互利都得些好處。因爲一方面生產的公司可以藉此多銷點貨品；貨品銷得多，生產機構就可以擴大；生產機構擴大，自然會增加一般就業的機會。另一方面就消費者來說，社會上那一羣準資產階級的階層可以提前享受資產階級的生活。事實上，人生不過是那麼六七十年，過去的時代，辛苦了一輩子，到老年積一點錢生活才可以舒適些；只可恨幸運來得太晚，苦了一生，晚年抱著老大的一個錢袋進棺材。這不能不算是悲劇。這個悲劇不但是個人的，而且也是社會的，因爲就經濟學的眼光看，一個人的勞動價值不但可以立刻投資，而且可以提前投資。就社會整體而言，生產的輪子自然要轉動得加倍的快了。結果是在物質生活上人人都得到了好處。這是說光明的一面。有光明就有慘澹，不然光明也就不能成其爲光明了。實在說，現代這一個時代，就因為消費推著生產，生產擠著消費，致使人的眼睛只盯著物質生活的一面，而忽略了生活中的其他成分。人的最高理想，無非是，用東方的思維方式來說，建築一個大同世界；用西方的思維方式來說，建築一個人間天堂。不管大同世界也好，人間天堂也好，都得具備兩個先決條件：第一、個人的幸福有保障；第二、人人的幸福都有保障。可是在這個世界上，不幸有些地區，有些人羣，或因歷史背景，或因地理環境所限，不但不知幸福為何物，連最基本的生存條件也談不到。然而在這些經濟先進地區的人們，整天價腦子裡只盤旋著些汽車、電視，或休假、旅行一類的事，哪裡顧得到別人的痛苦？就是偶然顧到了，也不免以為這些人定然是些天生低賤的種族，不然如何甘心過那種不像人的生活？可是一旦這些人也膽敢站起來喝一聲：「我要像個人似地生活！」非但觸不起這些經濟先進地區的人們的憐憫心，反倒使他們動了怒。好！下賤的種族，豈是配過人的生活的！細分析起來，這種心理無非是下意識地懼怕一旦別人的生活也好起來，威脅到自己癱在軟椅裡看電視的權利。這種權利眞是生活中不可或缺的，豈可輕易犧牲得了！不要說這個，人一旦沉浸在純物質生活中，就是讓他每天早晨在咖啡裡少放一塊糖，他也覺得好像丟了半條命一樣的痛苦。這種時代的危機，已經為不少頭腦稍微清楚、眼光稍微遠大的人看出來了。這些人也曾大聲疾呼過。

可是被物質環境所釀成的習慣又是何等的牢不可破呢！就拿保羅和佛昂淑娃絲來說，他們是知識分子，閒的時候也挺愛躺在軟椅裡一面曬著太陽讀一讀像什麼沙特啦、卡繆啦一般人的小說。也不是不注意世界大事，像什麼美國的黑人暴動啦，英國的哲學家羅素所組織的審判美國總統詹森的法庭啦等等，早就成了茶餘飯後的話題。然而如說犧牲一年不去度假，把這個錢拿來救濟印度的飢民，這種事兒不但是完全辦不到的，而且是連想也不曾想過。

唉，唉，閒話少說，書歸正傳，我們還是再來談保羅跟佛昂淑娃絲吧！

結婚第一年的年尾，兩人用分期付款的方法買了一輛嶄新的四匹馬力的雷諾牌的汽車。開起來忽忽忽，眞是又滑利、又漂亮。兩人兜起風來的時候，就忍不住嘴角泛起的那一線驕傲的笑容。這才像一個現代人的生活啊！

另外一件大事是佛昂淑娃絲忽然胃口不開，淨想吃些橘子還是檸檬一類的東西，兩人心裡都有了數。去請醫生一看，果然不錯，是有了喜了。

結婚第二年

佛昂淑娃絲的肚子一天天膨脹起來。保羅工作得更加起勁兒，下意識中好像有一個莫大的希望在等著他似的。房產經紀人和會計師的太太都忙起來，手裡忙著織毛線，嘴裡忙著笑，外帶上不住口地猜測是男還是女。房產經紀人的太太因爲自己生出三個女兒，盼一個男的；會計師的太太因爲自己只有兩個兒子，就一心盼個女的，因此兩人見了面，說著說著就說到兩岔裡去，不過嘴上還一個勁兒地笑著。

佛昂淑娃絲還繼續工作。根據社會保險法的規定，產婦可以一共有十四個星期薪金照付的假期。以預定的產期爲準，產前六個星期停止工作，一直到產後八個星期再恢復工作。如果實際的產期比預定的晚了，假期可以延長下去，以產後實際八星期爲準。要是早產了，假期自然也跟著縮，算是倒楣。產後除非是做母親的自願停工，老闆不得借故解雇。佛昂淑娃絲在預定產期的前一星期生了個女兒，取名巴特霞。因爲是頭產，三姑六姨親朋戚友都擁到醫院去，帶花的帶花，帶禮物的帶禮物，好不熱鬧！佛昂淑娃絲產後身體還很虛弱，來看的人多了，累得直冒汗，要是一天沒人來，又寂寞得流淚。幸虧保羅是天天必到的。

在醫院裡住了十天，搬回家去。在法國，除非是高級的資產階級，傭人是用不起的。年輕的工作人員更不用想，充其量只能用個按鐘頭算錢的做零工的女傭。所以一回到家來，佛昂淑娃絲就愁眉不展起來。幸而保羅是個能幹的小夥子，又是個樂天派，下班回家，一面幫太太洗尿布，一面還有興致吹口哨。浴室裡一片片地掛滿了白旗子，每晚保羅都要躬逢一次升旗大典。

產後，佛昂淑娃絲有一陣子心情惡劣，據現代的醫學說這是產婦的通病。幸好兩個月娃娃就斷了奶，改吃奶瓶。晚上偶然可以把房產經紀人或會計師的太太搬了來，兩人又好像一對無牽無掛的鳥兒，一齊飛到戲院或電影院去，孩子稍大了以後，也可以一塊兒開車到鄉下度一個週末。

忽然，還不到結婚第二年的年底，佛昂淑娃絲又愛吃起橘子來。保羅倒還無所謂，他是愛小孩的；佛昂淑娃絲可就老大不痛快了，因為生下第一個孩子以後，她發現腰圍至少粗了一公分零三點五。要是這樣一公分零三點五、一公分零三點五地下去，生了三四個孩子以後，腰豈不成了水桶！眞是太可怕了！因此佛昂淑娃絲想到節育的問題；不過現在有點太遲了，只有等第二個出世以後再說吧！

結婚第三年

塞納河兩岸的積雪漸漸融了，河水也由鉛灰變作了暗綠，巴黎的陽光也似乎從冬眠中探出頭來，偶然地在這裡那裡撒上一片金點子。聖心堂的圓頂映在初春的嬌陽中，遠遠望去，白得耀眼。保羅和佛昂淑娃絲的心情也跟著這一片春景活潑起來。說實在的，兩人從結婚的蜜月旅行以來，一方面爲安置一個共同的家，一方面因爲尙沒有經濟基礎，還不曾好好地旅行過。今年兩人計畫利用復活節的假期，到阿爾卑斯山區的雪地去度假。保羅從十來歲起就熱中於滑雪，一想到雪兩腳就禁不住地發癢。佛昂淑娃絲那時候早已大腹便便，雪自然是不能滑的了，不過呼吸點讓陽光浸透了的冷空氣，對身體一定也是大有裨益的。而且對巴特霞的身體一定也有好處。這次興致勃勃的計畫，不想卻以一個小小的悲劇收場。保羅在滑雪的時候不小心折斷了腳踝，假還沒有度完便折返巴黎。保羅在醫院裡躺了兩個多月才完全復元。不過這次意外，不但沒有嚇到保羅，反倒使他口口聲聲叫著明年非去阿爾卑斯山再試身手不可。

這年的暑假，佛昂淑娃絲因爲將要臨盆，兩人只有委委屈屈地留在巴黎。其實夏天裡巴黎的陽光也一樣明亮，不過這時的陽光只是給外國人預備的，巴黎人自己則千方百計地逃出去。夏天的巴黎對他們好像是一個牢籠，非要設法脫離虎口不可。然後，非等到把全身的皮都曬焦了以後不肯回來。如若不然，下半年的社交生活便索然無味了；因爲下半年巴黎人的主要話題就集中在夏天裡如何曬皮的這一件大事上，而且可以亮出曬焦了的皮以爲佐證。保羅跟佛昂淑娃絲這年夏天爲了下一代竟做出了如此巨大的犧牲：

留在巴黎！因爲是爲了下一代的緣故，將來親友如若「質問」起來，也可以有個冠冕堂皇的藉口：「您看，眞是沒法子的事，還不是都爲了這個小東西，害得我們……」

會計師和房產經紀人的太太又再忙起來。這次兩人都盼得一個孫兒。已經有一個孫女，像巴黎的時裝一樣，總得換換花樣兒。不幸結果叫兩人都頗爲失望，又是個女的，取名蘇菲。

這次保羅雇了個按鐘點算錢的女傭，主要的工作就是洗娃娃的尿布，這樣保羅自己才免於再參與升旗大典。

這年的聖誕節保羅跟佛昂淑娃絲是第一次在自己家裡過的；因爲已經有兩個娃娃，滿像一個獨立的小家庭了。少不得也豎一棵聖誕樹，樹上掛滿了紅紅綠綠的玻璃燈泡，巴特霞和蘇菲都得到一件漂亮的禮物，雖然她們還不知禮物爲何物。巴特霞的是一個眼睛藍得像她自己一樣的洋娃娃，蘇菲的是一套小毛衣。保羅和佛昂淑娃絲彼此自然也有禮物，都是各自祕密地買的。佛昂淑娃絲買的是一條淡綠的絲織領帶和一對袖釦，保羅買的是個從墨西哥進口的有著雨神頭像的銀別針。兩人各自打開這個祕密的小包，都發出一聲驚呼，爲的是來安慰對方的苦心，然後緊緊地擁在一起，高興得淚都迸了出來。兩人都暗暗地感到自己有本領做一個悲喜劇的演員了。

結婚第四年

自從生了蘇菲以後，佛昂淑娃絲就非常謹愼了，不但請教了醫生的意見，自己也買了有關的書籍，花了不少的時間來研究節育的方法。事實上佛昂淑娃絲的腰圍，這次不只增加了一公分零三點五，而是增加了差不多有兩公分。按摩、節食，都不發生效力。爲了這個，佛昂淑娃絲不知哭了有多少次。雖然她還不過二十五歲，但她已有了青春易逝、年華不再的感覺。

保羅也發胖了，不過卻頗爲得意，因爲他以前有些瘦皮猴的模樣。現在他已升爲化驗室的副主任。只要論文一通過，說不定主任就在等著他。事實上保羅是相當能幹的，他不但已經試驗成功一種新口味的蘋果汁，而且他還有不少新計畫待做。自然，保羅的薪金跟他的成績是成正比例上升的。今年他們又用分期付款的方式買下了一所公寓式的房子，一共有五間，這樣除了客廳、飯廳和兩間臥房以外，保羅還可以有自己的一間工作室。

除了工作之外，保羅也不是完全不關心政治的。他時常參加政治性的俱樂部所主辦的演講、討論會等。他本來是個急進的社會主義派，可是近幾年來看見有些社會主義的領導集團把持政權、爭奪政權，尤甚於資本主義國家者。平民百姓仍然是平民百姓，何嘗有半點向領導者說個「不」字的權利？所謂「平等」，只成了一句欺人的口號。實際階級的差異何嘗取消，不過改了改名目，換湯不換藥地遮掩一番罷了。所以現在他竟一變而成了個戴高樂主義者。幾年前他還在罵戴高樂思想窄隘、眼光短淺，現在他覺得戴高樂的實利主義和國家至上主義，在今日世界上對法國而言，實在是明智之舉，因此在大選時他成了戴高樂的熱烈擁護者。這一點也正合了他的父母和岳父母的口味，因爲會計師和房產經紀人都害怕左派得勢以後把財產給共了。要是進一步只有集體，沒有個人，那更是無法忍受的事。實際上，法國的左派仍是法國的，民族的影響力是無法消除的。一國有一國特有的歷史文化、地理環境和民族氣質，要想抱著同一個主義追求世界大同，豈是容易做得到的？這就是所以今日世界上今天這個的左跟那個的左有著「永恆的友誼」，到了明天又成了不共戴天的仇敵的緣故了。

這年夏天，他們本來打算到法國著名的蔚藍海岸去曬太陽，可是尼斯跟坎城一帶一到交夏人多得像擁在罐頭裡的魚，再加上物價也貴得驚人，這樣一盤算，他們便改變了主意，自己開車到西班牙的巴塞隆納去了。西班牙海岸的遊人雖說並不見得少到哪裡去，但物價總比法國便宜多了；就算路途較遠多用了些汽油，算下來還是比去尼斯便宜。而且西班牙總算是外國，說起來將來的焦皮也算是在外國曬成的。

假期以後的大事是：佛昂淑娃絲的姊姊離婚、保羅的弟弟開始服兵役、房產經紀人的太太一連掉了兩顆牙、會計師因糖尿病住院、蘇菲開始學步。

結婚第五年

佛昂淑娃絲因爲加意小心的結果，果然一連兩年沒有再受孕。只是因爲禁忌太多，保羅有些不快。佛昂淑娃絲則埋怨保羅沒有以往熱情，每天的親吻好像成了例行公事。由此又感到自己年華的流逝，於是對於化妝和衣著格外的小心。買一雙鞋，過去不過跑個五六家鞋店就夠了，現在非跑到十家以上不能決定。以前保羅本是跟著跑的，現在推說事忙，讓佛昂淑娃絲一個人演獨腳競走。保羅是一帆風順，博士論文通過，不久果然升做了化驗室主任。因爲負了責任，工作比以前更忙了。又因爲對工作太熱中，全心掛在化驗室裡，就是偶然陪佛昂淑娃絲坐坐戲院，也有些心不在焉的樣子。這許多，在佛昂淑娃絲的眼裡，都解釋作愛情的消失。據說結婚第五年是一個充滿危機的時期，因爲結婚頭幾年夫妻都爲了建立一個共同的家庭而奮鬥，倒可以同心同力。協作無間了五六年，這個家大致已經樹立了基礎，人也就有了較多的餘暇顧及到其他的問題，於是其他的問題都來了。這跟中國那句「共患難易，同享樂難」的俗話具有相同的心理基礎。保羅跟佛昂淑娃絲也正到了這一個時期。本是相親相愛的兩個人，有時候對大過錯都可以包容，反倒是對小毛病難以忍受。現在是男女都有工作能力的時候，合則聚，不合則散，誰也不靠誰的飯碗生活，因此誰也沒有從一而終的義務。社會上的道德標準雖說有些跟不上時代，但大致上是隨了實際的生活需要而扭曲的。今日離婚雖然還不爲教會所認可，但早已不受社會道德的排斥，所以結結離離也就不再是鮮見的事了。佛昂淑娃絲已感到有一片烏雲擋在她眼前，保羅也感到這個家似乎變了樣子。現在再不用他自己來洗孩子的尿布，可是那種洗尿布的樂趣也就一去不復返了。佛昂淑娃絲有時把那個墨西哥來的有著雨神頭像的銀別針拿在手裡，就忍不住熱淚盈眶。她自覺有好多話想跟保羅說，可是在結婚五年以後她反覺跟保羅之間有一段距離。這非得跟保羅開誠布公地談一次不可。談什麼呢？她一時又抓不住要領。平常覺得處處都是問題，但細想起來又不知問題到底在哪裡。不論如何保羅是變了，她覺得。爲什麼呢？她老醜了嗎？她自覺還不曾。保羅又有了別的女人？似乎也不像。可是保羅是眞變了，至少已失去了當年那股子熱情。想著想著便忍不住一陣熱辣辣的淚串兒落在手中的銀別針上。巴特霞在她的房間裡大喊媽媽，正在跺著小腳發脾氣。佛昂淑娃絲一動也沒有動，她不敢想像爲什麼有些女人那麼容易地從一個家裡走出來，又走進另外一個家裡去。她得跟保羅好好地談一談，即使抓不住要領呢，也可以想到哪裡說到哪裡，不然危機是無法消弭的。她這樣下定了決心。

保羅跟佛昂淑娃絲到底還有沒有第六年的共同生活呢？因爲現在還在他們結婚的第五個年頭上，我們就不便預測了。

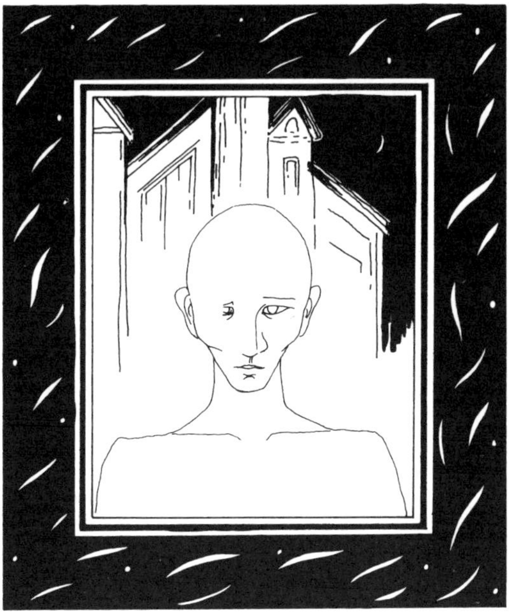

慕蓉 1987

在巴黎的一個中國工人

老于的故事

老于論理應該姓于，可是知道老于底細的人都清楚他並不姓于。這其中自然有一段緣故。至於老于叫什麼，知道的人可眞不多。橫豎大家都「老于」、「老于」地叫著，誰有這個閒工夫打聽他叫什麼呢！再加上中國人是個喜歡充老的民族，姓上加上個「老」字，雖不一定表示多麼尊敬，透著幾分親熱可是眞的。你不看有些剛剛碰了一兩次面的人，只要把肩膀一拍，喊一聲「老X」，馬上就像多年的知交似的。老于是浙江青田人，在法國蹲了少說也有四十年了。在老于的錢夾裡老夾著一張變黃了的相片。你要是跟他談過兩三次，保管見過這張相片；因爲老于總愛談過去，一談到過去，這張相片就非得亮相不可了。在這張相片上，你看見一個短頭髮的大孩子，大概有十七八歲的模樣，穿著一件黑色的西裝上衣、條紋布的褲子。這套衣服鬆鬆軟軟的很像是從估衣鋪隨手撿來的那種，因爲與其說是人穿著衣服，不如說是衣服懶懶地掛在人身上來得合適。還有領帶呢！相片是黑白的，看不出領帶是什麼顏色，只可見帶著些花點子。領帶的結子打得至少有個小拳頭那麼大，離領子有你想像不到的那麼一段距離，好像生怕拉緊了喘不過氣來似的。腳底下是一雙新皮鞋，把褲子托住了，不然褲子大有自己往下脫落的趨勢。鞋底少說也有一寸厚，好像告訴你像這樣的鞋子，十年之內是用不著換的。年輕人就在這麼一套行頭裡怔怔地盯著你。

「是你的孫子？」

老于笑著搖搖頭。

「兒子？」

老于又笑著搖搖頭。

「那……」

「猜不到吧？」老于笑開了：「這像就是咱自己，是剛到法國時照的。你不看這身行頭？還是爲了照這張像才買齊全的。穿不慣，挺彆扭，一照完像就剝了。可是到了外國，總不能再穿那套鄉巴佬的衣服！相片是要捎回家去的，讓家裡人看看，在外頭混得不也有鼻子有眼的。」

提起老于來法國的經過，那足可以寫一部新西遊記。老于自然不是坐飛機來的，只有神仙跟有錢的人才有這種騰雲駕霧的福氣。也不是坐船來的，那時候老于是一文不名，外洋的船上又容不下這麼多自願打雜的鄉巴佬。老于坐的是十一號公共汽車，兩條腿走來的。一路上不能說沒有坐過火車、汽車的，不過那得看袋裡是否有足夠的票子，沒錢的時候就得靠著兩條腿硬撐。

青田是個窮地方，不少年輕人都希望向外發展。第一次世界大戰時召募到歐洲來的華工，就有不少青田人。戰後有些人在法國立住了腳。那時候法國人自己講享受，很需要外國的勞動力，就是沒有什麼知識的人，混個吃穿也是不成問題的。再加上第一次大戰時，法國的經濟並沒有受到嚴重的影響，戰後很快地就恢復了繁榮。法國在非洲又有大批的殖民地，糧食、水果、肉類以及油、礦等原料一船船地往法國運。這些外來的物資，多半都集中在幾個大都市裡，特別是巴黎。在巴黎的市場裡，菜販子把稍有缺陷的菜蔬、水果都丟在一旁任人撿取。肉店裡剔出來的雜碎，也不像現在似地論斤賣，而是免費奉送的。下市以後，商販們只須把自己的攤子用塊帆布一蓋，就一走了事，絕不擔心偷盜的事。這樣的一個都市，對剛從中國一個窮苦的鄉窪子裡爬出來的年輕人，自然像個天堂。中國人都有這種不忘本的美德；這些在法國立住了腳的，自己嘗到了天堂的滋味，飲水思源，不免就想起自己的鄉親來。經他們加油添醬地一宣揚，那些青田的小夥子都紅了眼。好，去留洋！大家都一窩蜂地去留洋！沒盤纏也不在乎，橫豎中國人吃得了苦，唐三藏不是連火焰山都過去了！湊巧青田出一種石頭，比普通的石頭輕，而且不易碎裂，雖然不夠堅實，成不了大材，卻是雕刻石頭玩具的好材料；大概就是俗稱爲滑石的那一種吧！青田人有不少是靠雕石頭玩具爲生的。這一種手藝正好給這羣一心想去留洋的小夥子們壯了膽子。何不背上一塊石頭，一路刻，一路賣？這樣不但解決了盤纏的問題，說不定好了還可以賺幾個餘錢，到了法國也不至於兩肩扛一嘴馬上去找親戚。這樣一來大家的勇氣就更大了，你也背，我也背，大家背上都馱了一包青田石，開始了西天取經的歷程。他們那時候走的大概是過去的絲道、茶道之一。在這些大道上，幾個世紀以來，都不斷有中外的商人絡繹販賣。他們就這樣走走停停、刻刻賣賣，花了一年多的工夫，居然給他們摸到了法國。自然一路上也有病死的，也有走迷了在說不定哪裡留下來的，但確有一批眞眞實實地到了法國，老于就是其中的一個。那時節各國的邊界也許不像現在管得這麼緊，他們也沒有護照，也沒有簽證，又不通外國語言，只憑了打啞巴手勢，居然也通過了一個個的關口。至於你要想知道他們到底經過哪些國家來的，連親身經歷過的老于也沒法給你滿意的答覆。他只知道打新疆走來著，一出中國的大門，他說那時候對他所有的外國人好像長得都是一個樣兒，好像說的都是一種話，誰知到底經過了哪些國家。就是到了法國，要不是遇到了鄉親，說不定還要往前走呢！

不知道是巧合還是存心，這些人刻的賣的都是猴子；也許是借著孫悟空壯壯膽吧！刻慣了猴子，一刻就成猴子，別的反倒不會刻了。剛剛到法國的時候，還是刻猴子、賣猴子。不通話也不要緊，不管走到哪裡，看看沒有巡警，就把猴子往地下一擺。別人問價錢，就伸出兩個指頭；給兩毛也賣，給兩塊也接著。有時候也挨門挨戶地兜售，碰到好脾氣的也許就買一個，碰到脾氣不好的就碰一鼻子灰，要是脾氣不好又有種族偏見的，說不定就挨頓臭罵，甚至挨上一腳。中國人能忍！孔夫子已經教了我們兩千年！誰叫那時候自己的國家不爭氣呢，不能忍還能在外國混嗎？

學校裡也是常去的。學生們都喜歡猴子，老師們又比較不容易發脾氣。站在教室外頭偷偷地瞅著，等老師們轉身在黑板上寫字的時候，一下子就溜進去了。聽見學生們都在吃吃地笑，老師一回身，呀！一講台全是猴子！老師倒笑了。看是外國人不懂得規矩，有時候就好言好語地解釋教室裡不是賣零碎的地方，讓他收了攤子了事；有時候看這猴子雕得著實可愛，就趁機會買一兩個帶回家去給孩子們玩兒。看見老師一買，學生也跟著買，說不定一講臺的猴子一下子就賣光了。所以這些人明知道學校裡不是賣零碎的地方，這個險還是值得冒的。

背來的石頭畢竟有限，不久就賣光了。就地取材的刻不成，又無法再從青田寄，只有改行一途。中國人不笨呀，不管什麼一學就會。但做大的沒本錢，從小的做起吧！中國人看上了做領帶這門生意，因爲做一條領帶只要用布頭布尾的一湊搭就成了。布店裡成批買的布頭布尾賤得很。買了來，人工是不算錢的，人家賣一塊，我賣五毛，看有沒有人買？果然買的人不少。這一行又改對了。只是做這門生意，苦在沒有執照，到處得逃避警察的眼睛。其實那時候領一個執照也不是完全不可能的事，但這些只會伸指頭的鄉下人哪裡辦得了這個！也許你要問，中國沒有使館嗎？使館是有的，可是我們的使館一向是個衙門，使館裡的辦事人是老爺。中國人，特別是鄉下人，怕的就是進衙門和見老爺，哪裡敢踏使館的門坎呢！老于說得好，不是沒人試過，偶爾有個有膽氣的去找使館，使館得先問你的身分來歷。就這麼瞎碰來的人，哪裡講得出什麼身分來歷？一開口就僵了。好，外國人還沒說什麼，使館可能先給你戴上個非法入境的大帽子。所以還是就這麼私做私賣的好。巡警看不到，賣了；抓住了，全算倒楣。

不但做生意的執照沒有，就是連合法居留的證件也沒有。瞎摸來的，怎能合法呢？不過中國人可不傻，辦法還是想得出來。那批早期來的華工不是都有合法的證件嗎？後來這些人中有的死了，有的回了國，可是證件並沒報銷。這就行了。反正外國人看中國人就像中國人看外國人一樣，總覺得長得是一個模樣兒，只要都是直頭髮、矮鼻子，還不都是一個人嗎？所以張三死了，或者回了國，居留證卻一轉轉到李四手裡，於是張三又復活了。自然張三的死是不能報官的。老于就是這樣來的。老于本來姓皮，只因拿了姓于的居留證，他就只好姓起于來了。再說，老皮兩字要是給人念諧了音，可就不好聽了，所以原來的老皮倒寧願人家管他叫老于。老于一喊就是幾十年，現在連他自己也不覺得他本來不是姓于的了。

中國人在外國混不容易呀！不但靠著吃苦耐勞，也靠著點小聰明才混得下去。譬如拿賣領帶來說，只有像老于這種謀到居留證的，才敢拿到街上去賣。萬一叫巡警抓住了，至多不過把貨品沒收，申斥一頓；大不了再罰一點錢，總不至於有遞解出境的危險，因爲有合法的居留證嘛！那些連這種冒牌的居留證也沒有的人，連偶然出出門都是縮頭縮腦的，只能終日躲在地窖裡縫領帶。可是就這樣還是挺滿足的，麵包總是吃上了，總比肚子裡餓得吱吱亂叫來得舒服。

中國人的長處可多了；不但能吃苦耐勞，而且得節省就節省。人家去買蔬菜、水果，咱不會到菜場裡去撿嗎？人家買肉都撿最貴的買，咱專門買剔剩的骨頭、雜碎、雞爪、雞頭、雞翅膀什麼的，一加作料，比那最上等的牛排還有滋味。巴黎有幾個樹林，樹林裡長著法國人認爲的野草，經中國人一檢查，是韭菜！巴黎到處是林蔭路，有幾條經中國人一走，馬上嗅出香椿的味兒來。樹葉子、野草都是可吃的，法國人連作夢也沒有想到。就這麼著，一個中國人住在巴黎，破費不了幾文，照樣過得舒舒服服的。

老于雖然不告訴別人，可是每天晚上睡覺以前都用手摸一摸褥子底下：那一疊鈔票是一天天厚起來了。老于敢往銀行裡放錢還是最近的事，那時候有錢都是掖在褥子底下的。在老于二十五歲的那一年，他結了婚。太太是法國人，人雖然不怎麼漂亮，但很年輕，只有十八歲。這時候老于已經會說幾句法國話了，雖然時常得用手勢找補著。好在戀愛這檔子事兒，不用說話也辦得了。老于的老婆很愛打扮，頭髮一忽兒是黑的，一忽兒又染成黃的，眼皮不是藍得透黑，就是銀得發亮。跟老于走在一塊兒，簡直不像一對夫妻；因爲老于總是窩窩囊囊的連件合身的衣服也沒穿過。就是結婚時穿的那套，也是晃晃蕩蕩勉強掛在身上的。原因是這套衣服是老于託中國朋友做的，量的時候，老于惟恐做小了，將來一旦發了福穿不得，一勁兒喊「大著點！大著點！」那位朋友也覺得大著點總吃不了虧，結果就只一件上衣，差不多已經垂到膝蓋上。不過老于並不惋惜，富餘點總是好的，這是中國人的邏輯。

那時候別的中國工人都羨慕老于弄上了個年輕漂亮的太太。憑老于那副德性，也弄個這樣的妞兒？愛情眞是不長眼睛的！老于不說人長得窩囊，又是個老實頭，連句俏皮話兒也不會說，可是竟有女人看上他！老于的老婆本來在一家中國飯館做跑堂，大概想中國丈夫跟中國菜是一個味兒的吧！不幸老于這道菜只能拿豆腐來比，軟得提不起來。太太說啥是啥，罵的時候聽著，打的時候挨著，不管他有多少美德都感動不了他的老婆。這樣的白煮豆腐越嚼越沒味兒，不到三年老婆就跟旁人走了。已經生了個女兒，倒確是老于的，也一塊帶了去。

老于那個傷心勁兒是不用提的了。好在老于總留著一點心眼兒，賺來的錢，他至多交出一半，剩下的那一半他就這裡那裡地掖著、藏著。有時候也偶然讓他的老婆碰巧翻出來，這時候她自以為發了一筆外財，趕緊地掖在自己的襪筒裡，也不追問老于。事實上讓她翻到的時候並不多。老于人雖是個老實頭，心裡卻不胡塗，藏起錢來比個地老鼠還精，所以他的老婆走了以後，他反倒闊起來了。

第二次大戰德國人占領巴黎的那一段時間，是老于生活中最暗澹的時期，法國人自己都已成了亡國奴，別的外國人更不在話下。老于生意也不敢做了，時常整日價躲在地窖裡。只偶然有兩三次一個法國人託他送封把子信，他才像隻老鼠似地從他的洞裡溜出來。這個法國人以前買過他幾次領帶，又是個不遠的鄰居，時常碰見。中國人是講面子的，人家託送封信算得了什麼！當時他全沒疑心。要是他早知道這不是些普通的信，他可哪裡有這個膽子？不想他竟這麼胡裡胡塗地成了法國的功臣。直到二次大戰結束，巴黎光復以後，他才知道那個託他送信的人竟是法國的地下工作人員，而他所送的竟是些祕密文件。法國人畢竟不欺心，雖老于是外國人，也頒給他一塊勛章，並且享有所有的有關居留或請領商業執照的優先權。

戰後幾年是老于在巴黎的黃金時代：一者他自以爲做了法國的功臣，自覺頗爲揚眉吐氣，不需要再像戰前似的遠遠地望到個巡警就嚇得抱頭鼠竄；二者老于的錢沒有存到銀行裡，全沒遭到德國人的劫掠。戰後重用法郎，他那到處掖藏的鈔票成了當時的寶貝。不到幾年的工夫，他自己竟成了一家小型製造廠的老闆。稱之謂製造廠未免有點誇大其辭，實在說只不過是老于在里昂車站附近租了幾間老屋，置辦了十來架縫紉機，雇了十來個工人，大批（對老于而言自然是大批）製造起領帶來。不論怎麼說吧，對一個本來一文不名的異鄉人而言，幹到這麼一天，也不是件容易的事。比起跟老于環境相似的別的中國工人來，老于可算是數一數二的佼佼者了。

老于的製造廠生意不惡，從做領帶又擴展到裁製西服。做成的衣服雖然不能跟巴黎的時裝店相比，但卻可以批給專趕市集的衣裳販子。老于這時候本有足夠的資本擴大他的製造廠，可是一向謹愼慣了的老于，寧願把這個錢藏著掖著擱在一邊兒，不肯拿來投資。而且不管他的生意有多好，見人（自然是中國人）總要先歎一番苦經，說什麼賺不到錢哪，要虧空哪等等等等。老于自然是夠精明的，就是用工人，他也是撿著那些黑牌的用。這樣可以少付工資，而且又容易指揮。就是出了岔子，也只有他說的，沒別人說的。連居留都是黑的，哪裡還敢爭論別的？

有人拿中國人跟猶太人相比，說世界上只有兩種人的足跡踏遍全球，而且都精於生意經。不過不同的是中國人只會開小雜貨鋪，猶太人開的卻是幾層樓的大商行。中國人自己批評自己說：「中國人不懂得合作。」其實中國人不是完全不懂得合作，而是只懂得小合作不懂得大合作。好像老于初來法國做領帶的那個時期，不是跟人合作得滿好的？現在要是叫老于再跟那些患難的老友合作起來做個大點的生意，老于一定是一萬個不肯。要不怎麼劉邦一做了皇帝就先殺功臣？中國人一向是這樣子的，什麼都得獨一分，兩千年前的秦始皇已經給打好了這個基礎。再說鍋裡的總不及碗裡的近，碗雖小，可都是自個兒的，老于看著他的小製造廠就是這種心理。像所有的中國人一樣，老于很懂得「知足者常樂」這句話的哲學意味。西洋人就因爲不懂得這個，才一個勁兒地向外撞，撞來撞去，並沒有多走近「滿足」一步。中國人的偉大就在這裡了，開個小雜貨鋪覺著跟做個國王差不了多少。肚子裡明明空著，只要一滿足也就不覺著餓了。

我們不是說老于這陣子很發財嗎？發財雖說發財，老于可一點也沒閒著，自己像個工人似的整天價坐在縫紉機旁，幹得比個普通工人還起勁兒。既不想擴大製造，何苦這麼拚命地幹呢？這一點老于可從來沒有想過。錢多總是好的，淨看著心裡就怪癢癢的。要是現在還興用元寶的話，老于一定會把賺來的元寶一個個地都埋在土裡。因爲財產這玩藝兒，多少帶著點想像的性質，只要想著元寶還在土裡，就自以為是個大富翁了，用不用有什麼關係？

就在這時候，老于的女兒忽然找他來了，女兒確是老于的，可是老于一點兒也不認識。還不到兩歲的時候就給老于的老婆帶走了，現在已經成了將近二十歲的大閨女，老于又能從何認起？老于不是不愛自己的女兒，只要他自己也是法國人，他就敢拚著打場官司也得把女兒爭回來；可是不幸自己是個外來戶，外來戶在法律上能有什麼權利？何況自己的居留證是頂來的，他的老婆完全知道底細。只要他老婆把老底子一洩，就什麼都垮，哪裡還敢指望什麼女兒不女兒……

現在女兒竟自動地來了，可見這個孩子還是有良心的。老于心裡不能不喜，雖說他有點看不慣他的女兒。她跟她媽媽一個樣兒，整天價就知道描眉畫眼；再加上鼻子朝天，是她媽媽也不曾有過的。在老于的製造廠裡除了老于自己以外，別的人都鑽不到她的眼裡；開口就是「這些中國人！」緊跟著鼻子裡一哼，像一下子把這些中國人都打入九層地獄她才舒服；而她自己跟中國人是沒有什麼瓜葛的！

女兒總歸是女兒，看不慣也沒什麼法子。何況這個女兒好像比自己都見多識廣，對無論什麼事兒都得插上一嘴。老于聽也得聽，不聽也得聽，不然就是一頓氣。說實話，老于真疼他這個女兒，在法國老于也找不出第二個親人來，不疼女兒疼誰？老于把以前對老婆的那一番小心現在都陪給了女兒。儘管老于自己是個節儉或者乾脆說吝嗇成性的人，你看他女兒結婚時候的那個排場，要是他有這個力量，他恨不得把女兒用金子堆起來。女婿自然是法國人，中國人是入不了女兒的眼的。只是這個女婿有點像老于自己，屬豆腐的，提不得，無論什麼都得看他女人的臉色。不久老于的女兒把老于的底細已經摸了個透，雖然她不準知道老于的錢都擱在哪裡，但她已經弄清老于有多大個家當。你看她那張嘴有多乖巧，整天價爸爸長、爸爸短。「爸爸這大年紀（其實這時老于還不到六十歲），還一天到晚辛苦，何苦來？哪如歇了這家廠，另外買個容易幹的小生意，像雜貨鋪、咖啡館一類的，費不了多少事，賺錢一樣多。而且我跟約翰（老于的女婿）張羅著，全不要你費心。你就光情著養老就是了。」

今天說，明天說，全是這一套。不久就把老于說動了心。自己的閨女，還會有錯？老于倒了製造廠，加上他向來的積蓄，剛夠買一個挺不錯的咖啡館的錢。

女兒的花招又來了。

「爸爸，你能活多久？你一死，咖啡館遲早還不是我們的？可是你不懂法國的法律有多嚴，遺產稅重得怕人。何苦把一筆錢便宜了法國政府？倒不如現在乾脆用我的名義買下來，事實上咖啡館還是你的。將來呢，省下一大筆稅錢。」

老于是最怕法律的人，尤其是外國的法律，那更是一竅不通。女兒說得合情合理，何況又是爲的替老于省錢，肥水不流外家田嘛！女兒這套大道理，要駁都不知從何駁起。平常不管有理無理，女兒都慣於栽給爸爸一個「頑固」的帽子，現在好像她占著理，要不依著她，還說不定怎麼鬧呢！

如此這般，咖啡店就以女兒的名義買下來。咖啡館的樓上連帶著住家，眞是再方便不過了。住房一共有三間，女兒讓爸爸選一間頂好的，爸爸謙虛，選了一間較小的，把最大最好的一間讓給了女兒跟女婿。

老于對咖啡館的生意是一竅不通，就連各種酒的名字他也搞不清楚。好在一切都是女兒跟女婿下手幹，他倒樂得做起老太爺來。

老于自以爲得計。幸虧有個能幹的女兒，雖然脾氣躁一點；可是若沒這個女兒，自己的老境不知有多淒涼呢！跟自己一起來的那幫子，還不有的已經進了萬國公墓？異鄉人已經不易做，異鄉鬼還不定有多慘！

頭一年老于的生活確是過得不錯。雖然有時受女兒點喝斥，但這早已成了習慣，倒也不覺得有什麼難受處。第二年女兒生了娃子，生意也做得不怎樣有起色，女兒就不像頭一年那麼熱心了。呼三喝四地一會兒派老于去搬酒，一會兒又命老于去買東西，稍有差錯，你聽她嘴裡那個不乾不淨的罵法，哪裡像對待自己的爸爸？老于心想，這不過是因爲生意不好，或管孩子管累了，脾氣才暴起來，誰叫她是自己的女兒呢，只有忍著！這時候老太爺的夢算是崩潰了。到了第三年，情形就更不同了。這個女兒也眞有她的，大概心裡早已訂好了計畫，無論如何得把這個她素來看不上眼的「中國人」的爸爸擠出去。現在看看老頭子不識相，於是改變戰略，什麼工作也不給老頭子做了，罵也懶得再罵一聲。做好了飯，自己跟丈夫坐下就吃，也不去叫老頭子。要是老頭子自己趕了來，正眼也不看地把個空盤子搡在老于的面前。倒是女婿有時候顯著很不過意，趕快分給老于他應有的一份兒。趕到最後吃乳酪，女婿還想讓讓老丈人，女兒卻劈把奪過去，一面嘟囔著：

「他們中國人吃不來這個！」

從前不管一打酒的匣子有多重，不管女兒罵的有多不中聽，爲了是自己的女兒，老于都可以遷就著；現在這種突然的冷淡，他卻無法忍受了。在女兒的眼裡，好像這個爸爸已經不再存在，至少已經不是這個家庭裡的一分子了。他是個多餘的人，而且多餘得這麼令人生厭。怎麼辦呢？說到底咖啡館是用自己好不容易掙來的錢買的；雖然用的是女兒的名義，但眞正的主人畢竟是老于！

誰知女兒不但翻臉不認人，而且翻臉不認帳。

「不錯，咖啡館是用你那幾個臭錢買的，可是這幾年你做什麼來？哪一樣是你做的，你說？要叫你自己搞，這座咖啡館早就賠光了！現在這副樣子，還不是我跟約翰撐起來的？一句話，你買的那咖啡館，你全當它賠光了；現在的這座，是我跟約翰賺來的。這個理，不管到哪裡都說得過去。再說，老闆的名字是我，不是你，你硬說是你的，你有什麼憑據？」

老于氣得直打哆嗦，一句話也說不出來。咖啡館是沒有指望了，誰叫自己胡塗呢！賴著不走，也不是個味兒。眞想不到自己親生的女兒竟會這樣翻臉無情！不管自己的老婆有多壞，要是換到她身上，也許還不至於做得這麼絕呢！可是自從他的老婆走後，他始終不知道她的下落。以前問過他女兒，也沒問出個所以然來。

還是靠了過去的老朋友幫忙，老于打女兒的家裡搬出來。跟一個中國老工人分住著一間閣樓，白天到一家中國人開的皮包製造廠裡去做皮包。好幾年沒有幹這樣的活落，開始的時候手抖得厲害，而且離了老花眼鏡也不成了。可是老于畢竟是工人出身的，不久就熟練了。切皮子、縫皮子，雖趕不上年輕人的速度，可比年輕人做的整齊。

現在老于的頭髮差不多已經全白了，雖然他還不到六十五歲。他常常一面工作，一面怔怔地盯著點什麼，嘴角往下耷拉著，臉上的皺紋很吃力地朝中間擠，好像他正在努力想去抓住點什麼似的。他盯著什麼呢？故鄉嗎？那眞是太遠了！雖然他曾一步步地走來過，在這把年紀的時候他卻無法再一步步地走回去了。再說，好像跟故鄉的親人失去聯絡已經很久很久了，雖然四十年後的今天，他全沒有忘掉了他那一嘴青田鄉調，可是故鄉是不是還以那些從前他曾經非常厭惡，現在對他卻非常親切的記憶等著他呢？這一切都是難以想像的。

老于這樣怔著，手裡卻從不停止工作。他得好好地做，再攢幾個錢，攢幾個錢做什麼呢？噢，噢……不管做什麼吧，有幾個錢在自己手裡總是好的。

老于雖說吃過不少苦，但並不像有些別的老光棍似地變得怪兮兮的。老于還很正常，至少還比較正常；就是記憶力不太好了。不管你碰到老于多少次，只要你肯遞給他支菸，像個朋友似地對待他，他必定不久就會從那已經磨損了的錢夾裡小心地抽出那張稍微褪色的相片，然後從唐三藏取經開始給你講他的故事。他一面講，一面微微地笑著，好像他講的只是一個別人的故事。很多認識老于的人，都不知已經聽了多少遍他的故事了，不過大家不好意思提醒他說：「老于，這個我已經聽膩了！」因爲大家都覺出來，這似乎是這個老工人唯一的快樂了。只有當他講著他的故事的時候，那微微的笑容才會浮現在他的臉上。

郝叔先生的星期日

謝謝你來看我。眞的，我打心底裡感謝你老遠地跑來看我。從你家來這裡得一個多小時的地下鐵吧？還得轉兩次車，是吧？好容易有個星期天，休息休息，你老遠地跑來看我，我，眞不知道多麼感謝你。特別是，你知道，打我來到巴黎以後一年零四天——可不是嗎？我是去年三月二十八號到的巴黎，現在是四月一號，整整一年零四天了——這還是頭一遭有人來看我。眞的，你也許不會相信的，你是第一個到這間小房裡來的客人。別老是淨站著，你坐那張沙發，我坐床上。小心！沙發的彈簧失了彈力，但是不要緊，坐下以後就好了。沒法子，巴黎找房子難呀！就這間小房，跟這些破家具，還是費了不知多大力氣才找到的呢！

來，抽支菸！噢，我忘了你是不抽菸的。前天你告訴我說今天來看我，我還以爲你說說就算了的，沒想到你眞的來了。去年，記得也有個朋友說要來看我，可是到現在還沒有來過呢！巴黎人似乎是不怎樣需要朋友的，不管見面時候談得多麼投機，一分手就彼此忘了。各人有各人的一個窩，回去往自己的窩裡一鑽，啊，一天又過去了！可是你、我，都是外國人，對這樣的生活眞是難以習慣呢！你說久了就會好些，但願如此！可不過你是不同的，你有一個家，有孩子……結了婚的人，也許就不那麼需要朋友了。可是一個光桿……唉！特別是一個遠離了自己國土的光桿……不錯，巴黎是個可愛的城市，不過那得看是對誰，是不是？對一個異鄉人，巴黎的可愛只是飄在天上的。我說是飄在天上，是說巴黎的可愛處到現在對我還是飄飄忽忽的，眞正壓在我心上的是一塊鉛，是一塊鐵，是一塊比鉛比鐵更重的什麼東西。

好不容易才來到巴黎，想不到到了巴黎竟不過是這樣的生活！我說好不容易，你是會懂得的。要是稍能忍下去，誰肯離鄉背井地來寄人籬下？我是在納粹的集中營裡待過的，那種生活都受過了，還有什麼不能忍受的呢？可是我竟不能再忍受下去。你記得，有一天你問我吃的那個紅色藥片是什麼東西，我告訴你是治頭痛的。當時因爲還有別人在辦公室裡，沒有仔細告訴你這是種什麼頭痛。再說，沒有生過這種病的人是怎麼也不會了解的。這是種神經上的痛苦，痛起來會叫你發瘋！你可知道這病是怎麼來的嗎？這可不是一天兩日造成的。我全不在乎去過那種整天排隊領口黑麵包、工作一個月不夠買雙鞋子的生活。不，物質上的匱乏，只要有一個適當的理由，是可以在精神上得到自解的。但是受長期、不間斷的精神上的威脅，任誰都受不了。二次大戰時，蓋世太保的凶殘，我是親身經歷過的；可是那畢竟是外國人啊！對你是對敵人的待遇。你們不是也受過日本人的嗎？誰能要求一個外國人、一個異族，對你像對自己人似的呢？現在不同了，現在的警察都是土生土長的，都是長著跟你一樣的面孔，說著跟你一樣的語言。可是結果呢，對你摸得更透，對你監視得更嚴。你不但不能妄動，連妄想也不能！你仍然是一個敵人！什麼敵人呢？階級的敵人啊！誰教你生在一個資產階級的家庭中？我父親是醫生，又是死在納粹的集中營裡的，按理說算不了剝削階級。醫生的生活可是過得不錯呀！生活過得不錯，就是資產階級，資產階級就是敵人，就該受管制、受歧視！過去我們還在想這是史達林的罪過；史達林是外國人啊，對我們，還不是跟希特勒一般遠嗎？現在史達林在他自己的國家裡都早已經給整了，爲什麼我們還跟著別人的屁股跑呢？不！不是！這全是我們自己人，我們的當政者的鬼把戲！告訴你，也許你又不相信，在我們這樣一個老百姓連件襯衫都買不起的國家裡，一個政府的宴會，那排場，你在巴黎都見不到的。你說我們的領導人瞎了眼睛？也許是，也許不，誰知道呢？誰又能輕易見得著領導人呢！你要有勇氣，也許你膽敢攔住他們的汽車，替老百姓訴訴冤屈，可是誰又擔保他們的汽車不會打你的身上直壓過去？老百姓呢，就是肚裡餓得冒火抽筋，開會的時候也得裝出一副飽暖的笑容，誰又願意自找麻煩！一句話，我們已經沒有了輿論，也沒有了民情。我們的社會別的階級都消滅了，可是還剩下了兩個：一個是領導階級，一個是被領導的階級，這兩個階級中間已經無法溝通了。聰明的人口是心非，一隻眼朝下閉著，一隻眼往上睜著；只要自己爬上去，誰還管別人的死活？笨一點兒，心裡老實的，只有給人永遠踩在底下。我不說嘛，要是只是爲了排隊買麵包，要是只是爲了一年買不起一件新襯衫，還是可以忍的，雖然心裡並不多麼甘願。問題是那種氣氛，那種時時有構成思想上的罪案的氣氛，使你忍不下去。我們的領導人整日價口口聲聲地喊著爲了人民，到頭來把人民都餓成半瘋的臭蟲，如果這些人還有一點良心的話，他們應該自殺的。可是不！他們不但不知自愧，還做出一副爲了理想而奮鬥的英雄嘴臉。當然他們有好酒好肉吃著，有的是爲理想而奮鬥的力量，可是全不管人民一天天瘋下去。人民的最大理想是什麼？還不是吃飽穿暖嗎？然而你要想多吃一點油腥，多買一件襯衫，那又成了圖謀浮華享受的資產階級思想！這些領導到底還有幾分人心，是非常令人懷疑的！

以前我還不停地詛咒那種制度，那種主義，現在我漸漸明白過來，不是什麼制度，也不是什麼主義，而是我們人！人天生的惡劣！納粹的那一套是爲了大日耳曼主義，現在是爲了消滅資產階級，將來呢，只要我們想繼續彼此砍殺，彼此折磨，藉口還不多的是！噢，這個你是不同意的，我也不希望人人都是一鼻孔出氣。好在咱們是在巴黎，在這裡唯一的好處是大家可以說說心裡的話，說出來，也不會有人傳了你去問話，也不必對這些話負什麼責任。你說是不是？

我常常站在這個窗口，望著這一條灰色的街道，經常被雨打得濕淋淋的街道。我自己問自己：你是到巴黎來做什麼的呢？以前我是知道怎麼回答的，可是現在漸漸越來越不知道怎麼回答自己了。今天是我父親的忌辰，他是死在納粹的集中營裡的。今天早晨我去望七點半那場彌撒。我們是猶太人，你是知道的，可是我們是皈依了天主教的猶太人。你看，這張相片就是我父親的墳墓，是戰後修的。葬的只是他的一件衣服，到哪兒去尋他的屍首呢？父親最愛我。他是醫生，平常工作忙得不得了，可是放假的時候，他總是帶我一塊兒玩兒的。我們不是去釣魚，就是去游泳，要不然就是打網球或者在鄉下的小路上散步。那當然是戰前的事。戰時，我們一家一塊兒進了集中營，直到大戰結束。我的母親、姊姊跟我，都僥倖沒有死，可是始終沒有我父親的消息，一點消息也沒有，我們只認定他已死了。死了倒也好了，免了受許多別的罪。你看我的父親是睡在那邊了。還有我的家人，還有我的未婚妻，她也留在那邊。這是她的相片。我說是我的未婚妻，其實我們並沒有訂婚……現在什麼也不必說了。她也是勸我走的一個。現在我是一個人，孤零零地生活在這個異國的城市，沒有家人，沒有朋友，到處都是冷冰冰的。冬天好歹過去了。你看，塞納河的水不是也已經變了顏色了嗎？可是這些個跟我有什麼關係？這是人家的河水啊！春天來了，也許是眞的來了吧！我的心卻仍然是冬天，仍然被那比鉛比鐵還要重的什麼東西緊緊地壓著。你住在別人的國裡，時時刻刻地想著你自己不過是個流亡者，別人也這麼看著你。你不覺得嗎？別人看你的時候，不是透著幾分憐憫，就是幾分鄙視。你是寄人籬下的，你是向別人討飯吃的呀！就說我的房東太太吧，就是你進來的時候給你開門的那個胖女人。也不能說她不是個好人，可是她對外國人的那副嘴臉也不是多麼好瞧的呢！早上用多了熱水，她會朝你瞪眼；晚上熄晚了電燈，她會來敲你的房門，好像說你們這些外國人眞是不懂規矩的。有一天我在房裡洗我的襯衫，她進來了，連門也沒有敲，就這麼扠著腰瞪了我半天。我裝作沒有看見。她忍不住了，發起話來：「我說郝叔先生，你住在這裡，我們只在冬天的時候算你點暖氣費，可沒算過你的水費，甭說熱水費了。你的衣服不會送到洗衣店去嗎？對街就有一家，也費不了你多少腿！」天啊！她不知道，咱們一個月賺多少錢呢！我不是說錢，我是說人，巴黎人就是這樣精打細算的。我不敢說巴黎人都是這個樣子的，也許是我自己運氣不佳，碰上這麼一個！我眞想搬家，可是搬到哪裡去呢？不管到哪裡，還不是一樣叫人看做是個不懂規矩的外國佬嗎？何況像這樣價錢的房子，又到哪裡去尋呢？只有忍著吧！誰叫你來了呢？所以我不得不問自己：你到底是幹什麼來的？難道說這就是你所嚮往的自由生活嗎？她，我說我的未婚妻，她是那麼希望我離開的，她總以爲離開了一切就不同了。而且她希望有一天也能夠跟我一塊兒來，明知道是幾乎不可能的事，她也那麼盼望著。希望總給人一點兒力量，給人在苦難中一點兒幸福的感覺。

到了巴黎，總算是住在嚮往已久的巴黎了！然而那個結，那個結在心裡的結並沒有解開。也許我錯了，我原應該留在那邊，跟我的家人，跟我的未婚妻，跟我的朋友們一塊兒留在那邊。口是心非也罷，神經質的頭痛也罷，終究是活在自己的國土上。現在呢，自由了，不管待遇比起別人來多麼低微，也足夠買幾件襯衫跟幾條褲子的了，早餐也吃得上牛奶跟雞蛋了，午餐也吃得上火腿或牛排了，可是你看我的臉卻一天天瘦下去，我的心一天天燃燒起來。蘋果原應該長在蘋果樹上的！一株無根的草只有枯死的份兒！我明知道擺在我們面前的是什麼（對不起，也許我不應該把你也包括在內）。多金娜小姐還不是我們的一面鏡子嗎？她已經八十多歲了，在巴黎生活了四十多年，她有一個朋友嗎？有一個親人嗎？現在她孤零零地一個人住在老人院裡，她不是一提到莫斯科跟聖彼得堡就忍不住那兩泡眼淚嗎？她不是說過她多麼不甘心死在這個不屬於她而她也不屬於的國度裡嗎？可是她又有什麼辦法呢？誰叫她是舊俄的資產階級呢？俄國雖有偌大的國土，卻沒有她一寸的立足之地！好在幸而還有一個資本主義的法國，容許她安安靜靜地等待她的末日，雖說毫無辦法彌補她心中的缺欠！我是不甘心像多金娜小姐這麼一株草似地枯死在異鄉的。生命雖說沒有什麼價值，但白白讓它這麼委頓了，也實在可惜。可是我還不得不這麼繼續待下去。你不知道，已經有好幾個月沒有我的家人跟她的消息了，這是無法問的，不能問的！好幾夜，我無法入睡，悄悄地在黑暗中立在這個窗前。你看，那遠處不就是塞納河嗎？我看見那粼粼閃閃的河水，天空中的繁星，跟家鄉是一樣的。我忽然以爲我是在家鄉自己的屋子裡。我赤著腳，跑出臥房，想去敲走廊那頭我母親的臥房的門。但是這時我忽然清醒過來，那不是我母親的臥房，那是房東的女兒的。唉！好在我沒有眞正地敲上去，不然還不知會發生什麼後果呢！

今天是我父親的忌辰，我去望了七點半的那場彌撒。我的父親早已安睡在那邊了，他已有幸不再看這個世界。我呢，還活著，雖然是懨懨地，可是還活著。你說活著到底是不是件好事呢？我自己越來越胡塗了。要是有一天能治好我這頭痛……唉！恐怕也是不會好的了。我眞抱歉，你好意來看我，我卻跟你扯了好些不大愉快的話。我眞不知道說什麼才好。可能是我的心太消沉了。我也自知這並不是件好事。冬天裡，有好幾個化雪的日子，我走過塞納河邊的泥濘的路，看著一個紅豔豔的太陽升在灰色的天空裡，背負了陽光的巴黎的陰暗的建築沉入一個想像中的靜止的世界。這時候我就開始想到我自己的，屬於我自己的那一部分。巴黎的這一段生活竟好像不過是一個夢境。夢醒了的時候，我還是站在我自己的國土上。然而……然而……唉唉，我仍然繼續活在這流亡者的夢裡。也許你會笑我有點瘋癲吧？最大的悲哀會叫人心癡的。你說得對，人是不能太孤獨的。但在這種環境下，又有什麼別的法子？你勸我星期日不要老躲在屋子裡，去看場電影，或是到公園裡走走。謝謝你，這是個好主意。我自己怎麼連這個也沒有想到過？我是應該趁著星期日的假期到公園裡走走的。你不說春天已經到了嗎？巴黎該有些不同的景色了吧？今天下午我一定到公園裡去，坐在太陽下看看春天是不是已經到了巴黎。

你看，我眞是一個瘋子，要不然就是一個傻子。

慕蓉 1987

碧姬的迷惘

××：

接到你上一封來信，又有一段日子了。自從你離開法國後，有好長的一段時間，我總像失落了些什麼。你上回的信中還責備我的疏懶，說我總不像你似地立刻回信。其實我哪裡是疏懶，我是心裡覺得荒涼，荒涼得提不起執筆的勇氣。如果說我心中本有一塊尚稱繁茂的園圃，你走後已失去灌園的人了。每次我經過蒙帕納斯，我都是繞道而過，爲的是怕看見我們常坐的那家咖啡店。我想，既然我們無能見面，還不如完全把你忘了好些。你可能會笑我這種傻念頭，說到最後，也眞是傻念頭，過去是那麼牢牢地刻在一個人記憶裡，只憑著一時的主觀願望，不管這願望多麼強烈，又怎能夠抹殺掉客觀的事實呢！所以我最親愛的摯友，我不能不再執起筆來，向你一吐多時以來心中的積鬱；這也可以表示我那企圖把你完全忘懷的傻念頭著實是過於傻得可笑了。

這麼長的時間我們不曾見面，上封給你的信又是草草的幾個字，我眞不知該從何時何處說起。要是你不覺得我太過囉唆的話，我就先向你報告一點生活中的瑣事。

巴斯哥還在準備他的博士論文。通常是上午上班，下午跑圖書館找材料，很晚才回家。我雖然那麼不喜歡我的工作，可是巴斯哥的收入不多，我只好仍舊繼續拖下去。我們中午都不回家吃飯，晚上才在家裡見面。要是我不太累，就燒一頓像樣的晚飯，否則就煎兩塊牛排了事。討厭的是巴斯哥常常會帶幾個朋友回來，有時事先也不告訴我，臨時叫我手忙腳亂。吃了飯，他們又窮聊個沒完，菸一支接一支，把房間燻得像個灶。我常常睏得坐在椅子上就會睡去。爲這個我跟巴斯哥不知已吵過多少次，都沒有收效。這是他的脾氣。既然是兩個人心甘情願的結合，能不彼此忍受著點行嗎？你說？

可是這樣過了幾個月以後，我想我是再也不能支持下去了，不但是身體，而且也是精神的問題。我每天早晚不知要喝多少杯咖啡，才可以支持住，不致在工作時昏昏睡去。我變得異常敏感、愛哭，動不動眼淚就小溪似地流個不止。起初我哭的時候，巴斯哥還溫柔地安慰我；久了，他就顯出一種極端厭煩不耐的態度。這個我也明白，誰能天長日久地忍受一個動不動就哭哭啼啼的女人？雖說想是想得明白，但遇到他一臉厭煩一摔手走開的時候，我還是把他恨得牙癢癢的。所以我想，這樣的生活，我是再也支持不下去了。假若身體不會馬上崩潰，精神說不定哪一天就會潰裂的。幸好這時候巴斯哥換了個收入較豐的工作，我才決心把工作辭去，好好地在家中休息了些日子。我母親說我胖了。我跟巴斯哥也不再動不動就那麼炸起來了。這一段日子，表面上看，是夠甜美的，可是我心中卻仍然荒涼得像非洲的沙漠。這個問題我早已告訴過你，我想你是百分之百地了解的，特別在你自己已經做了兩次母親的今日。去年我跟巴斯哥都曾做過一次徹底的檢查，他一切都很正常，問題全在我。天啊！我是不是就決定了永不能生育了呢？當時醫生說還是有希望治療的，可是一年的光陰飛過了，仍然沒有半點兒消息。

巴斯哥上班的時候，我一個留在家裡，便覺得房子太大。有時候我在鏡子前坐下來，細細地端詳著自己，覺得彷彿臉上已經起了皺紋，青春已經到了展翅欲飛的階段，怎不令人心中慌張？有一次，竟因爲這種心中的徬徨無助所引起的絕望，使我狠狠地摔碎了一瓶貴重的香水——那是巴斯哥給我的生日禮物。事後，給我偷偷地藏過了。要是巴斯哥知道了，你想，還少得了一頓氣？

就在這時候，有一天，不意在聖米歇爾大街上遇到了艾迪特。（不知你們有沒有通過信？）她現在已經做了媽媽，可是她又回到巴黎大學念心理學了。艾迪特竟然念起心理學來，你就說！這次的巧遇給了我一個靈感，我想艾迪特都有這個勇氣，爲什麼我沒有？只要我提起精神來，不是一樣也有一番大有可爲的前途嗎？我既然不喜歡我原來的工作，爲什麼不再念一個別的學位，另闢一條出路？這樣決定了以後，我忽覺得，眼前也並非像我平常所見的那麼暗淡，於是我到文學院去選了英文。爲了學好英文，暑假的時候我跟巴斯哥召來了一位英國小姐住在我們家裡，條件是我們供給她白住一間房子，她得至少每天跟我聊一個鐘頭的英文。這眞是一次可笑的經驗，也許是一次可怕的經驗

——可怕，一點也不過分！

你知道爲了在暑假召一個英國女孩子來住，我是事先在倫敦的報上登了一則小廣告的。我們少說也收到了三十封應徵的信。在廣告上我說明了應徵的人必須附一張半身相片。我想你一定明白我的用心的。於是我在那三十來張相片中選出了最醜的一個，算是最合我們（應該說是我，我並沒有徵求巴斯哥的意見）條件的人選。及至見到這位小姐之後，我發現她比相片的人更醜，眞是正中我的下懷。我的目的是爲了學英文，而不是召一個標致的女郎來夾在我跟巴斯哥之間。你說我設想得還不夠周到嗎？

這位英國小姐名叫泰蕾莎，已經三十多歲。幾年前在一次車禍中受了重傷，一條腿是瘸的，臉上不知道縫過多少針，雖然過了多年，針縫的疤痕還不曾完全平復，眼睛跟嘴都有點朝一邊歪著。這次車禍以後，法院判定她已失去了工作能力，因而獲得社會保險處的一份終身撫養金，她這才得有錢有閒到處旅行。

她除了每天早晨跟我談一個鐘頭的英文以外，就出去閒逛，下午到法語協會學法文，晚上回來跟我們一同吃晚飯。第一個星期，就這麼平靜無事地過去了。可是第二個星期起，我覺得情形不大對了。泰蕾莎在晚飯桌上的話越來越多起來。起初還是怯怯地對我跟巴斯哥兩人說的，後來乾脆直對巴斯哥一個人說起來。特別是因爲我常常得離開飯桌到廚房裡去拿東西，飯後又要洗盤子，這就越發給他們有單獨暢談的機會。我發覺每天巴斯哥回家以前，泰蕾莎就在客廳裡走來走去，顯出一種不耐期待之苦的神情。巴斯哥一進門，泰蕾莎的眼立刻就發起光來。在晚飯桌上，泰蕾莎又活潑又溫柔，堆著一臉的媚笑，滔滔不絕地把她一天的經歷報告給巴斯哥聽，又不時地問巴斯哥對這個對那個的意見。可怪的是巴斯哥一點兒都不覺得厭煩，反倒顯出從不多見的興致。你想，這樣的情形，我怎麼能夠忍受得下去？你一定可以想像得出一個三十多歲醜陋無比的女人，對男人存著一種什麼樣的心理？得著這麼一個近水樓台的機會，她會輕易放過嗎？每晚她都用她的眼睛，甚至可以說用她整個的心靈吸吮著巴斯哥，恨不得把巴斯哥從頭到腳舐一個透。這樣的情境，誰能受得了呢？我已經不止一次地暗示過她，她這種態度是叫人生厭的，可是她竟然不懂。不但她不懂，連巴斯哥居然也表示出一種我對外人不夠盡禮的神氣，這就使我更加怒火中燒起來。終於有一天，我再也按捺不住，我英文也不要學了，趕她立刻搬家。你知道我的脾氣，我是說做就做的。起初她還裝胡塗，做出一副莫名其妙的神態，直到我把她的箱子丟出門去，她才知道事態嚴重起來，臉都白了。可是沒法子，我寧願賠她幾天的旅館費，也不願她在我面前多待個一分一秒。巴斯哥覺得我太過分了，我們為此大吵了一場！我親愛的摯友，你是最了解我的人，你是不是覺得我做得太過分了呢？我也曾坦白地告訴過巴斯哥，他要是一定覺著我做得太過分，我們就立刻召一個年輕男人來住在家裡，讓他也試試看！

事後，我也曾仔細考慮過這個問題：一對結過婚的夫妻是不是就應該彼此獨佔的？你看，這回的經驗，使我覺得我簡直不能忍受任何形式的分享。巴斯哥是我的，應該完整無缺地屬於我。可是當我自問我是不是也應該完整無缺地屬於他的時候，我就不免有點兒猶豫了。這裡就引出了自由的問題。你知道北歐早已試行了羣婚的制度，而我們仍然爲了一丁點兒小事在吃醋捻酸。是不是只是我個人的過於小氣，還是由於我們整個文化道德的墮落？我們的生活數千年來緊緊地包裹在基督教的文化形態裡，好像一羣剪了翅膀的鳥，早已失去了高空翱翔的興致，甚至於連想也不敢去想一想。事實上，兩個獨立的人，爲什麼就因爲一進教堂就該廝守終身？爲什麼又要自欺欺人地立那連神也難以保證的誓言？我們難道說自己還不能做自己的主人嗎？你知道，在法國，純貞的要求，以前一直是片面的。男人不管婚前婚後，比女人都有更多的自由。現在男人已不怎麼敢把那種自己所不能遵行的假道德套在我們女人的頭上，所以才毫不吝嗇地承認了一種對等的協定。然而這種協定是不是必須的呢？人畢竟不是一個物件，是不可能完全歸於另一個人的。愛不應該就是自由的喪失。沒有自由的愛，又有什麼價值？

爲這個問題，我賠上了不知多少個不眠的夜。我也跟巴斯哥討論過，可是他只聳聳肩膀說：「當然，我們應該各人有各人的自由。你要是看上了另一個男人，這是你的事！」你看，他說得多麼輕鬆！我知道，男人是不會爲這個受苦的，他們根本就不曾把這個問題當作一個問題！

有時候我忽然有一個瘋念頭，爲什麼我不去找另一個男人試試看？我沒有孩子，我又是一個注定了不能生育的女人，這又有什麼不好？如果說對我是一種快樂，我的快樂怎麼又能損傷了巴斯哥一分一毫？如果說他一定要把我的快樂看作是他的痛苦，那不是證明了他並不曾眞正地愛我，而只是把我看作了他的財產跟私利的一部分？

因此，有好長的一個時期，我像一個小瘋子似地彳亍在塞納河畔。那裡有不少蓬髮亂鬚的流浪漢，可是他們對我都沒有興趣。他們不是沉醉在他們的吉他跟歌聲中，就是沉醉在大麻煙的迷霧裡，他們只是一羣應該住進伊甸的天使，卻不幸生在我們這個險惡的世界上。直到有一次，一個中年的男人過來跟我搭訕。這個人衣冠楚楚，看樣子不是政府的官員就是學校的教師。他把我一直帶到他的車上。那時不過是掌燈時分，他沿著塞納河開了不遠，就停在一棵樹旁。他什麼話也不曾說，便立刻開始吻我。別看他方才態度溫文，這時竟像一隻野獸，使我連氣也喘不上來。他又立刻動手來解我的衣服。不知道爲什麼，我忽然想吐起來，最好吐在他的身上，吐在他的臉上。我用力掙扎，他還不肯放手，我就狠狠地給了他兩個耳刮子。趁他怔著的時候，我急速地打開車門跳下去，朝著行人擁擠的大街狂奔。我聽見身後汽車發動的聲音。他追上我，打車窗裡探出頭來大聲罵道：「混帳的婊子，下地獄去吧！」就揚長而去了。

我跑了好久，才在一個牆角停下來。我哭得像一個迷了路的孩子。

你看，我眞是一個瘋子，要不然就是一個傻子。現在我才知道，我是多麼地愛著巴斯哥。可是如果我不曾有這種尋找另一個男人的自由，我永遠不會知道我多麼愛他！要是將來有一天他跟另一個女人去了，只要他還愛我，我會張開兩臂歡迎他回來。

這些話我沒有告訴過第二個人，連巴斯哥也沒有告訴。我想，我把全部的愛情給他就夠了。我親愛的摯友，你會不會覺得我有點瘋癲呢？不過，我應該告訴你，經過這些騷亂之後，我心中反倒平靜得多了。就是造物剝奪了我生育的權利，至少我還有一個巴斯哥可以愛著，我已經是一個相當幸福的人，不是嗎？

這次就告訴你這些吧！希望下次來信時，多談點兒小寶寶們的消息。

碧姬

格佑姆・勒米蘿

自從阿爾及利亞獨立戰爭結束以後，格佑姆・勒米雍就跟著法國一大批黑腳（注）回到了法國。格佑姆本人並不是黑腳，他在阿爾及利亞前後待了也不過二十來年。然而這二十來年卻是一個人一生的黃金時代。離開法國時他還是一個二十多歲的小夥子，現在再回到本土卻已是一個半百的老頭兒。所以格佑姆對阿爾及利亞不能說沒有一點兒留戀之情，雖說當他身在阿爾及利亞的時候，總看不起這個國家的種種落後面貌，最多每隔兩年，假期總得溜回法國來呼吸一陣高度的文化，不然便覺得自身有變野蠻了的危險。然而現在，不管你看不起也好，留戀也好，都不得不撅起屁股來走路，阿爾及利亞人的阿爾及利亞，再也不是法國的殖民地了！對這一點，格佑姆心中很久都覺得有些欠欠然。他始終想不透，阿爾及利亞人何以竟傻到這種程度，放著法國高度的文明不要，卻硬要去過阿拉伯人的那種野蠻生活？這恐怕也就是落後種族之所以爲落後種族的原因了。

在阿爾及利亞的時候，格佑姆在殖民政府的一個小單位裡做會計，職位雖說不高，也算是官員，因此也得了一筆數目不少的遣散費，後半生的生活勉強可以無憂了。這也就是格佑姆回到法國之後並不急於找工作的原因。既然替一個文明的國家在那蠻荒的國度裡賣了二十多年的寶貴生命，現在過一點優哉游哉的日子，問心還能有愧嗎？

格佑姆的生活很規律，每天兩杯紅酒、半塊乳酪，牛排都是揀上等的買，生菜最少也得洗八次，飯後必定到附近的公園裡散步半小時，晚上絕不在十點以後就寢。因爲生活規律，身心自然健康，然而唯一的遺憾是床頭少了一個暖腳的人。看看已屆半百，兩鬢已經見了霜雪，頂毛也漸脫落，還不曾……唉！一想到這裡，格佑姆就不由自主地歎上兩口氣，一面攬鏡自照，不禁喃喃地道：我格佑姆哪點不如人？眼睛也有兩隻，鼻子不過一個。眼睛雖說略小，豈不更顯出精神？鼻子可能太紅，然而正是福相。唉唉！我格佑姆哪點不如人呢？竟然這般不獲女人的青睞？想來想去，格佑姆的結論是：這二十年殖民地的生活誤了青春。阿拉伯的女人，格佑姆是不屑一顧的，而殖民地的法國女子，個個又是眼睛長在頭上，眞是使格佑姆無計可施。唯一可以洩憤的就是每個週末去嫖那個年過四十的法國妓女一次，可是如果不多給她兩塊，就連這個妓女，態度也夠傲慢的。想到這裡，格佑姆自問不知這個妓女是否也跟黑腳一起撤回了法國？悔不該行前忘記問清她返法後的地址；不然，老主顧，總該打個八折吧！

格佑姆現在既然有閒，有時也去拜望幾個親戚老友，可是這些人表現得卻也並不多麼熱絡。譬如說到朋友家去吃一頓飯，如不帶上一束鮮花或一盒糖果，就有好臉色可看！不幸巴黎的生活比起阿爾及利亞又不知貴了多少倍，一束鮮花少說也得四五個法郎，而四五個法郎不是可以買兩瓶上好的紅酒，或四兩去肥剔筋的牛排嗎？所以格佑姆算來算去，覺得到朋友家吃一頓飯，實在也不多麼值得。最好的辦法還是飯前拜訪，要是談得入港，就順手兒饒上一頓，也免了鮮花糖果之災！不過巴黎人也眞乖，試了幾次之後，也就不靈了。

不過這倒也並不妨礙格佑姆的規律生活。沒有朋友，日子還不是一樣過？沒有朋友，在另一方面說，倒少些破費。沒有朋友，每天照舊兩杯紅酒、半塊乳酪，飯後也照舊到附近的公園裡散步半小時。天氣好的時候，格佑姆也常花半個法郎買一份晚報，坐在公園的長椅上細細地讀，瞅空兒也溜上兩眼來來往往的大姑娘的細長腿。

這樣過了些時候，格佑姆忽然想起惹寧娜來。惹寧娜的女兒克利斯婷娜該已經到了亭亭玉立的年紀了吧？那還是在阿爾及利亞的時候接到惹寧娜弄瓦之喜的喜帖，現在算來十八個年頭已經輕輕地溜走了。

想起惹寧娜，格佑姆就忍不住心頭一種酸溜溜的感覺，那些金黃色的日子好像一下子又回到了眼前。那在巴黎大歌劇院前的佇候，那在酡蘿海花園的漫步，又在記憶裡纏起麻花兒來。於是格佑姆瞇縫著兩隻小眼睛，沉醉在面前那半杯紅酒所發射的琥珀光裡。

惹寧娜是格佑姆的一個遠房表妹，年紀比格佑姆小三歲，個子卻比格佑姆高出半個頭。細長的身材，酡紅的雙頰，是一個非常標致的姑娘。那時候格佑姆才不過是個二十來歲的小夥子，鼻子還沒有現在這麼紅。眼睛雖說是本來就那麼小，可是青春的光輝自可掩飾掉一切的缺憾。惹寧娜也就時常地把臂膀掛在格佑姆的肘彎裡。那一段日子眞是使格佑姆在受寵若驚之餘，終日價如醉如癡。誰知這樣的好日子沒有過了多久，惹寧娜的臂膀就掛到另一個年輕軍官的肘彎裡去了。傷心之餘，格佑姆才萌起了遠離法國的念頭。

四分之一個世紀把傷心人扯向了漠不相關的兩端，傷心事也發黃了，變淡了，而終致紙灰似地消逝在記憶的荒草裡。印度支那戰爭之後，惹寧娜不是早已成了孤孀了嗎？要是那陣兒她不爲那青年軍官的美色所迷，現在還不是好好地依偎在我格佑姆的身旁？眞是世事不可測，往跡徒嗟歎！可是……可是……何不寫一封信約她見見面呢？現在都已是半百的人了，難道還說有什麼非分之想嗎？就說是爲了友誼，爲了認識認識克利斯婷娜吧！眞是再好的藉口沒有了。

格佑姆一向衣冠楚楚，這次更是著意打扮，咖啡色的西服，墨綠色的領帶鬆緊適度地結在雪白晶亮的襯衫領上，栗子色的方頭皮鞋閃閃發光，一頂黑色的瓜皮圓帽端端正正地遮去了半個禿頭。在約定的時間一個鐘頭之前，格佑姆已經端坐在盧森堡公園水池前的長凳上了。

還沒到約定的時間，格佑姆早已在焦灼萬分地頻頻向左右顧盼。

「格佑姆！」

格佑姆嚇了一跳，一回頭，見一個腰粗臀圓的中年婦人正站在他的身後衝他笑著。

這就是惹寧娜嗎？格佑姆忐忑不安地自問著，這個女人橫裡看，足抵當年的惹寧娜的三倍！然而從那尚有豐韻的臉龐及未曾多麼褪色的酡紅的兩頰，他知道來的正是惹寧娜。

「惹寧娜，眞的是你嗎？」格佑姆不覺高興地叫起來。

「怎麼？不認識我了？我哪裡變樣了嗎？」惹寧娜一邊說，一邊打量著自己，隨又笑著說：「格佑姆，你一點兒也沒變啊！我打你身後一下子就認出你來。你看，你這頂帽子跟這身西裝，還不就是二十年前我們一同到大歌劇院看《茶花女》的時候穿的那一套嗎？」

「可不是嗎？」格佑姆這麼說著，也不禁臉上一陣緋紅。

「還是那麼節省啊，格佑姆！像你這樣節省的人，到死的時候，準會是百萬富翁了呢！」惹寧娜打趣地說。說著就扯了一把站在她身旁一直默默含笑的一位苗條的少女說：「來，我來給你介紹。這是我的千金——克利斯婷娜。這位就是我跟你常提起的那位格佑姆表舅。」

說到這裡，那位少女忍不住吃吃地笑了一陣，倒把格佑姆笑得有些不自在起來。惹寧娜便趕緊插嘴道：「咱們到那邊椅子上坐坐吧！今兒個眞是難得的好太陽。」

格佑姆心裡想女人家眞是不懂經濟爲何物，放著這免費的長凳不坐，偏要花錢去坐那邊的椅子。沒辦法，只好跟過去吧！

眞可說是多年不見的老相識，兩人心中都有種說不出來的高興。格佑姆談阿爾及利亞，惹寧娜說奠邊府之戰，眞是講得好不熱鬧。人在高興的時候，時間就像長了翅膀一般，轉瞬間那一輪紅日已經懨懨地貼上了盧森堡宮的屋脊。格佑姆的肚裡開始暗暗地鹿鳴起來。心想：惹寧娜就住在附近，免不了要請自己去吃一頓晚飯。惹寧娜呢，也在心中盤算：多年不見的老朋友，今天又是初見克利斯婷娜，說不了今兒個格佑姆會狠起心請咱們娘兒兩個上一趟館子，也免得回家做飯了。

兩人心中都在打著如意算盤，都在等著對方的邀請，表面上卻不動聲色，只有環顧左右而言他。可時間卻並不放緩它的腳步，轉瞬間盧森堡宮的影子已經掩蔽了大半個公園，一陣陣的小風吹來，已透出十分涼意。遊人也都一個個地挾起報紙、收起毛線，踽踽地踱出公園去；連鴿子也不知都躲到哪兒去了。怕已快到了關門的時間吧！克利斯婷娜等得不耐，突然打了個寒顫，才對她媽媽說：「時候不早了，我看咱們該回家了吧？」

「可不是嗎？」惹寧娜道：「已經到了吃晚飯的時候！」

「是啊！」格佑姆趕忙站起身來道：「這裡離你們家不太遠吧？」

「不太遠！」惹寧娜說著也站起身來，不勝失望地道：「那麼，我們就回家去了。」

「是啊！今天眞是過了好痛快的一個下午。如不是不巧今晚有個朋友請吃飯，咱們眞該找個飯館兒慶祝一番呢！」格佑姆非常歉然地說。

「就說呢，可是眞不巧得很啊！」惹寧娜也惋惜地道：「本來我在家中預備了晚飯，想請你一同去吃的，可惜你又另外有個飯局！」

「是啊！」格佑姆失悔地道：「唉唉，眞是太不湊巧，下回再打攪你吧！」

說著兩方面都互道了珍重，一個朝左，一個朝右，匆匆地起身而去。

回到家裡，格佑姆破例地給自己多斟了半杯紅酒，到了十點也還不曾上床，細細地思量今天的經過。克利斯婷娜的確是一個標致的姑娘，可惜自己的年紀偏長了一點兒；再說克利斯婷娜還不到法定年齡，惹寧娜這一關不一定過得去。惹寧娜呢？不行！已經是徐娘半老，又是癡肥乖胖的……然而……然而癡肥乖胖的，也總是個女人啊！如果現在我格佑姆肯屈就的話，惹寧娜那邊還有什麼問題呢？想到這裡，格佑姆打了個呵欠，心中有種說不出來的痛快。好歹寫封信去探探她的口氣再說。

想不到沒有幾天，回信已經來了。其中主要的一段是說：「要是我要再嫁人的話，非嫁個有錢的不可。這幾年飯我也做夠了，舊衣裳也穿膩了，將來要是有那麼一個合意的人，我也可以把後半生的快樂折損一點前半生所受的痛苦。我現在也看開了，錢不過是身外之物，倘若不去用它，又有什麼價值？所以說我不嫁人便罷，若是嫁人，第一得有一所漂亮的房子，第二得有一個做飯的傭人，第三每星期至少得上兩次館子、上一次戲院，第四……」

唉呀呀……格佑姆忽覺頭大了兩倍，不敢再看下去。過了半晌，方才冷靜下來。他小心翼翼地打懷中掏出一個小口袋；打開小口袋，拿出一個小皮包；打開小皮包，拿出兩把小鑰匙；用一把小鑰匙小心翼翼地打開了他書桌上最下邊的一個抽屜；打抽屜裡取出一個鐵製的盒子；再用另一把小鑰匙開了盒子，取出他的銀行存摺。看了一眼，忍不住歎了一口長氣，又放回了鐵盒子；鎖上鐵盒子，放回抽屜裡；鎖上抽屜，把兩把小鑰匙放進小皮包；關上小皮包，放在口袋裡；合起小口袋，揣回腰包裡。

格佑姆搖了搖頭，端起那半杯尚未喝完的紅酒，注視了半晌，那琥珀的顏色在眼前閃乎閃乎地發光。格佑姆放下酒杯，拿過酒瓶來，把那半杯紅酒小心地倒回瓶去。接著打了個響嗝，就換了睡衣，一下子鑽進被窩裡去了。

注釋

黑腳為法國在阿爾及利亞落戶移民之別號。

娜娜奶

莫那堡頭一場大雪就把路封了。娜娜奶等著約瑟夫的消息，好不著急。這兩天因爲路不通，連郵件都遲誤了。

今天天氣卻好得出奇，天藍得像藍色的織錦緞似的，太陽一大早就已熱辣辣地照在那一望無垠的雪地上。據廣播電台報告，今天這一帶的公路可望暢通。可是娜娜奶卻盼望著約瑟夫不必這麼急著趕路，晚一天到也沒有什麼關係，在剛融雪的公路上開車，可不是鬧著玩兒的呢！下這場大雪以前娜娜奶接到約瑟夫的信，說這兩天就開車來接她到巴黎去過聖誕節，一兩天內看時間來得及就再寫信告訴她確切的日子，要是時間來不及就直接來了。不想這一場大雪，不用說誤了約瑟夫的行期，就是有另一封信也無法按時收到了。

一隻鴿子落在覆雪的窗檯上，頭一點一點地朝玻璃窗裡探望。過了一會兒，大概找不到任何可吃的東西，一拍翅膀飛走了。

娜娜奶萬分艱難地打她那躺椅裡站起來，又加了一鏟煤在爐裡，爐裡的火就又熊熊地燃燒起來，一縷煤煙順著煙囪噴向窗外的藍天。這種老式的連取暖帶燒飯的煤爐，雖然在城市裡絕了跡，但在鄉下還是相當普遍的。娜娜奶一直起腰，就感覺她的腿好像不勝負荷似地痛起來，她不得不又暫時回到她的躺椅上去。一遇到下雪的天氣，娜娜奶的風濕痛就加劇起來；特別是手跟腳，痛得伸也伸不直，放也放不平。要不是靠著一種過人的堅忍，到了娜娜奶八十已出頭的年紀，恐怕早已躺下爬不起來了。可是娜娜奶不管手腳痛得多麼厲害，每天仍然慢慢地拖拉著她那因風濕而變了形的雙腳，親自到街口那家雜貨鋪裡去買牛奶、麵包，以及別的日用品。她心知，只要一天爬不起來，以後再想爬起來就更難了。娜娜奶這個年紀，不是不可以住進老人院裡去，只是因爲脾氣太過倔強，心想自己服侍了一輩子別人，哪能到老來卻叫別人服侍？再說呢，私立的養老院非錢莫辦，國家的養老院則跟醫院無異，絕不是娜娜奶那種獨立自由的個性所可忍受的。

娜娜奶坐回她的躺椅裡，用手吃力地拉平了覆在腿上的毛毯，就把身旁擱在茶几上的一隻還沒打完的小孩兒的毛線襪拿了起來。托了托老花眼鏡，兩支針就在已變了形的手裡上上下下慢慢地移動起來。可是不到幾分鐘，娜娜奶就覺得手的關節越來越不聽使喚了，每一針都得用出十成的力氣，因此骨節上痛得就更加厲害。她不得不讓兩手暫時地垂在膝上，眼光卻自自然然地落在桌上那一排鑲在鏡框裡的相片上。

這是昂得。

這是惹克琳。

這是昂得的孩子亨利跟莫妮克。

這是安妮。

這是約瑟夫。

這是安妮的孩子伊莎跟伊夫。

娜娜奶這麼喃喃地唸著，耳旁立刻似乎聽到了孩子們的哭聲跟笑聲，一張張的小臉兒彷彿又展現在她的面前。但是一忽兒近一忽兒遠，好像隔了一層雲霧。漸漸地，好像她自個兒也成了一個孩子了。

也是一個嚴寒的冬天，她正跟一羣同村的孩子們在一條冰封的小溪上打出溜玩兒，大家咯咯地笑著、鬧著……

「安娜！安娜！」

她在冰上楞楞地停住腳步。

「趕快回家！你媽又暈過去了。」

她急急地趕回家，正看到幾個鄰居站在她家的屋門前。她一步搶進屋中去，看見她媽已經給人安放在床上，這時也已醒過來了，只是臉色慘白得怕人。一看到她，就嗚嗚咽咽地哭起來，一面哭，一面數說道：「安娜，趕明兒價你就去都杭家吧！你看，你爸爸給人打短工賺的幾個子兒，都買成黃湯灌了，可曾拿回家一個來？光靠著我撿破爛換的幾個錢，那裡養活得了你們這一堆？沒法子，安娜，家裡數你最大，你就去都杭家吧！在那裡你幫忙都杭太太做做事，至少吃得飽、穿得暖，不會像在家裡似地這般忍飢挨餓的。再說，你去了，家裡少了一個人，你弟弟妹妹也可多吃一口呀！」

從此十歲大的安娜就開始了她那小使女的生活。先是在都杭家的農莊上工作，雖然小小的年紀，得做半個大人的活落，使她的身材因此頗受了些影響，成了一個矮小的女人。後來又轉到附近的小城替人家打雜。到了十五歲，安娜已經學會了洗衣燒飯，這時候才能夠除了自己吃用以外，捎幾個銅錢給她的媽媽貼補家用。這時她也明白她媽媽何以時常暈倒，還不是只因患著長期肺癆，又加上孩子多，營養不良的緣故。那時節法國還沒有社會保險制度，窮人生了重病只有睜著眼等死的分兒。

「娜娜奶！娜娜奶！」

忽然門外有輕輕的叩門聲。

娜娜奶放下手中的毛線襪，吃力地站起身來，去開了房門。一個戴皮帽子的半大的孩子站在門前。

「娜娜奶，這是你的牛奶，你的麵包，還有一塊奶油，一包掛麵，都是雜貨店的阿紅老闆叫我帶給你的。他還說你要是需要什麼，儘管說一聲，他會找人順便帶來。」

「謝謝你，約翰！」

約翰是娜娜奶一個鄰居的孩子。每逢下雪的日子，總有一兩個鄰居替娜娜奶帶東西，免得她自己出門在雪上滑了腳。

「約翰！」約翰剛要轉身走的時候，娜娜奶又叫住了他。「今天外邊兒冷不冷呀？」

「冷得厲害呢！」

「路上呢？雪都除了嗎？汽車開得過來嗎？」

「除倒是除了，不過車不多，怕是路太滑。」

「約翰，你知道，約瑟夫原說這兩天打巴黎開車來，但願他不要急急地趕路才好。」

娜娜奶一面嘮叨著，一面又對約翰做了個手勢：「約翰，你來！」

約翰就跟娜娜奶進入屋裡。娜娜奶打開食櫥，在食櫥的角落裡摸索了半天，終於掏出了一塊巧克力糖來。她故作神祕地把它塞進約翰的手裡，一面笑著說：「這是留給你的，約翰！」

約翰道了謝謝，就跳著蹦著地一溜煙跑了。

娜娜奶關了門，又沉坐在她的躺椅裡。她拿起那隻未織完的毛線襪，眼睛卻又溜在擺在桌上的一張相片上。那是一個金髮藍眼的男孩。她顫巍巍地把這張相片掬到唇邊，輕輕地吻了一下。

「約瑟夫！」

她的唇邊露出了一絲笑紋。這時外面的陽光越來越強，映在雪上，照得人目眩。

她氣急敗壞地跑了好幾條大街。炎夏的烈日蒸烤得人眼花撩亂，襯衫差不多都被汗濕了。她終於在一家酒店裡找到了她的父親。

「媽媽已經死了！」

「死了就死了吧，我又不是起死回生的天使！」她的父親醉眼惺忪地說。

「可是弟弟妹妹怎麼辦？」

「你問我，我又問誰？」她的父親說著已經站起身來，一溜歪斜地走出酒店去。

她氣得差一點要哭喊起來，可是她沒有哭，也沒有喊，只狠狠地在她父親的背後輕蔑地啐了一大口。

從此她沒有再看過她的父親，不知道早已醉死在法國的那一條路旁了。

她只有十六歲，在鄰居的幫助下埋葬了她那癆病而死的母親，安置了九個大大小小的弟妹，自己又進城給人幫起工來。

二十歲，經人介紹到巴黎一個老富孀的家中做使女。這個富孀無女無兒，只有一個姪女兒。不想這個姪女兒竟得了瘋病，一個女兒昂得，只有十歲，自然照顧不了，便來依靠這個富有的老姑奶奶，因此成了娜娜奶帶領的第一個孩子。這個老富孀去世以後，昂得的瘋母親跟著也死了，昂得的父親卡斯丹先生又續了弦。娜娜奶便跟著昂得又到了卡斯丹的家裡。卡斯丹的續弦夫人的獨生女惹克琳，是娜娜奶帶領的第二個孩子。不久昂得結婚生子，娜娜奶又跟著照管昂得的孩子亨利與莫妮克。昂得跟著丈夫去了非洲以後，娜娜奶便到卡斯丹續弦夫人的娘家幫忙。卡斯丹夫人的父親巴斯來先生是莫那堡的一個醫生，母親的身體不好，家中還有一個未出嫁的妹妹，很需要像娜娜奶這麼一個能洗會做的人。娜娜奶因此打巴黎又來到了莫那堡，在這裡一住就是十來年。後來巴斯來醫生去世，巴斯來小姐嫁給了也是醫生的兒子的勒佛洛克先生，娜娜奶又跟著已成了勒佛洛克夫人的巴斯來小姐來到巴黎勒佛洛克家。娜娜奶跟勒佛洛克夫人兩人都有一副倔強的脾氣，但兩人也都是性情中人。雖然有時兩人未免爲了些瑣事各不相讓地爭執不休，但彼此心裡卻都明白，在共同生活了這麼些年以後，誰也少不了誰了。娜娜奶始終沒想到再換地方。不想一待就是幾十年，一連帶大了勒佛洛克家的兩個孩子——安妮跟約瑟夫，娜娜奶也就成了勒佛洛克家的一員了。

娜娜奶又顫巍巍地把約瑟夫的相片放回原處，無限感慨地歎了口氣。她忙了一輩子，忙得連結婚也不曾想到。她帶大了這一堆孩子，沒有一個是她自己的，可是她自覺跟她自己的也沒有什麼兩樣。她早已從使女的安娜，變成孩子們的娜娜奶。她眞心地疼愛這些孩子，這些孩子也眞心地疼愛她；特別是安妮跟約瑟夫，跟她親生的孩子眞是沒有什麼兩樣。現在她老了，老得沒法再服侍別人了。她所帶大的孩子，也因工作跟生活的關係東西奔波，有的去了美洲，有的去了非洲，只有約瑟夫還留在巴黎。她因爲年紀太老，無法適應巴黎繁忙的生活，才又回到了勒佛洛克夫人的老家——莫那堡。可是每年逢年過節，勒佛洛克夫人總要派兒子接她到巴黎來住幾個月，所以她眞正在莫那堡的時間，一年也不過半年多而已。

二次大戰後法國的社會保險制度，連傭人也包括在內的。勒佛洛克家按期替娜娜奶付了保險費，所以她也有一份微薄的退休金，老來並不需要依靠別人。何況鄉區政府及教堂，逢年過節對年老的人都有一份實際的禮物。像今年娜娜奶就收到鄉政府二百公斤煤炭，教堂也送了二百公斤，這就足夠她燒一個冬天有餘的了。拿今日跟娜娜奶幼年的遭遇相比，法國的社會可說已發生了根本的變化。今日不平的現象不能說沒有，但最基本的苦難（像老弱貧病之類），大體上總算根除了。這幾十年的社會變化，不曾再依靠暴力革命，而是由一點一滴的理智的商討改革而來的。然而當一個社會不容有理智的商討的餘地的時候，則除了暴力革命以外還有什麼更好的法子呢？

陽光的熱力使窗檯上的積雪漸漸融了一部分。一隻鴿子又飛來啄食著半融的雪粒。娜娜奶慢吞吞地站起來，給煤爐加滿了煤，就把昨天的雞湯熱了熱，就著麵包跟乳酪，吃了一頓簡單的午飯。

飯後她用她那變了形的手，吃力地洗刷了鍋碗，就又沉在她的大躺椅裡，把一本她最愛讀的歷史月刊攤在膝頭（她的閱讀能力除了上過幾年小學外，都是在陪伴孩子們做功課時得來的）。沒有看上幾行，卻沉沉地睡去。當她醒來的時候，陽光已經打窗口斜斜地射進來，曬在她身上，使她覺得全身的筋骨又暖和、又鬆弛，就連風濕痛一時也好像減輕了不少。她就拾起那隻未完成的毛線襪來。心想，聖誕前非要織完不可，因爲安妮遠遠地打美洲回來，這是送給她小兒子的見面禮物。娜娜奶跟她自己的兄弟姊妹早就失去了來往，現在她唯一的家人，是她看大的孩子們。她老是記掛著他們，他們也不曾忘了她。想到這裡，她就又站起身來，去檢視一番爲了去巴黎幾天前已經收拾妥當的一口小箱子跟一只提籃。箱子裡，除了她自己換洗的衣服之外，就是她在鄉集上爲她看大的孩子們買的一些不值錢的小衣服、小玩具什麼的。籃子裡裝的是這個秋天用左鄰右舍送她的各種水果製成的果醬。她知道哪個孩子愛吃什麼果醬，就在果醬瓶子上標上他們的名字。

她檢視了一番，覺得很滿意。最後又用手摸了摸箱底裡裝在老得已褪了色的錢袋裡的一千法郎。這是她打她那退休金裡節省而來的棺材本兒。到了她這種年紀，誰知道哪一天就會一伸腿了事，所以她總把這個錢帶在身邊。至死也不願拖累他人，這就是娜娜奶奶的那份倔強脾氣。

忽然她聽見門前有汽車的馬達聲。抬起頭來，打窗戶裡她看見一輛她所熟悉的黑色汽車停在她的門前。一個金髮的年輕人正打汽車裡鑽出來。她的微癟的嘴立刻朝兩邊扯開，笑得再也合不攏來了。她輕輕地叫了一聲：「約瑟夫！」就拖著她那雙因風濕而變形的雙腳朝門前走去。

野鴨

彌施琳是一隻野鴨。打小家裡人就管她這麼叫著，長大了朋友們也依然管她這麼叫著。這倒並不是因爲彌施琳的相貌跟野鴨有什麼關係，而是因爲她的脾氣：高興起來，嘰嘰格格地一陣子；脾氣上來，不管三七二十一就發作起來，潑野得怕人。巴黎人沒見過多少野東西，布洛尼跟萬桑的樹林裡的野鴨子倒是成羣結隊的，人們覺著她有幾分野性，就聯想起樹林裡的野鴨子來了。彌施琳有一個姊姊叫裳黛兒，性情跟彌施琳大不相同；譬如說小時候家裡來了生客，裳黛兒總是咬著指頭怯怯地遠遠望著，彌施琳卻跑過去拔客人手上的汗毛。長大了以後，裳黛兒長成一個標準的古典美人：金黃色的頭髮、鴨蛋臉、彎而長的眉毛、閃閃爍爍的灰藍的眼睛、像蔥根一般直的鼻子，身材也是高矮適度的。彌施琳呢，卻長成一個瘦長個子，比起姊姊來至少高出半個頭。棕色的頭髮、棕色的眼睛，乍一看有幾分男性，仔細端詳起來卻有一種裳黛兒所沒有的吸引人的勁兒。

裳黛兒一出門，總免不了男孩子跟在後頭吹口哨。裳黛兒雖然不動聲色，心裡卻非常得意。彌施琳就很少碰到這種機會，如果偶然遇上那麼一次，她兩手往腰裡一扠，把那棕色的大眼睛一瞪，吹口哨的不由得不洩了氣，立刻溜著牆根兒鼠竄得遠遠的。這時候彌施琳的嘴角就浮起一絲兒輕蔑的笑，心裡也感覺非常得意。

追求裳黛兒的人不少，可是裳黛兒卻不是那種玩弄姿色的女人。她對幸福的解釋是，有一個自己愛而又愛自己的丈夫跟一羣伶俐活潑的孩子。所以高中畢業後不久，她就選中了對象結了婚。

彌施琳卻從來沒有想到結婚的問題。她高中畢業以後，立志要做一個醫生，因此就進了醫學院。醫學不是好念的，醫學院的大門也不是容易進的，彌施琳的父母都頗為他們的小女兒的成就感到驕傲。特別是彌施琳的母親，年輕的時候一心想進醫學院而終究沒有進成。其實彌施琳爲什麼要立志做個醫生，那時候連她自己也並不太清楚，可能模模糊糊地覺得醫業是個救世濟人的行道，也可能看見醫生都住著相當好的房子，都開著最新的汽車，但最大的原因恐怕還是受了幾分她母親的影響。她的外祖父本是個醫生，母親又是想做醫生沒做成的，所以打小耳朵旁總是響著醫生的豐功偉業，這才引起她對這個行道的好感和熱心。說實話，她所眞正愛好的是爬山；可惜爬山除了做嚮導跟職業探險家以外，是不能當作種正當職業幹的。

她第一次爬山是參加法國山岳協會所組織的青年山地夏令營。參加的都是些十五歲以上、三十歲以下的青年。他們爬的是在法、義、瑞之間的阿爾卑斯山脈。她那時只有十七歲，分在開始練習爬山的一組裡。他們先在營地附近的小山頭上練習了五六天，然後就開始一次長距離的山行，需要三天的時間才可以返回營地。那眞是一次令人難忘的經驗。山，矗立著，堅實地、高傲地、冥頑不化地、野性難馴地矗立著。人，得施出最大的毅力跟決心來征服這一個似乎有著生命的潑野的無生物！這種征服，除了征服的感覺以外是沒有其他目的的。征服的快感是把自身化作熱、化作力的快感，是把一個人的意志向外放射，放射到無窮的快感。他們早晨五點迎著微弱的晨光出發，他們隨著嚮導的指點如何邁步，如何把鞋底緊緊地抓住岩坡，如何實行減輕體力消耗的呼吸。在特別險峻的地方，得用繩索把一組的人一個一個地牽連起來，這時候大家好像結成了一個息息相關的整體。到了冰坡上，得在鞋底上加上特製的鈎子，個人與個人之間連接得更緊更密，一個人一但感覺到自己的生命融化在一個整體內，同時也感覺到別人的生命已插入了你自己的生命之中。任何一個人失足，就等於是你自己的失足。小心翼翼地、堅忍地、一步步地把生命的熱和力發射出去，這就是征服！不只是客體的征服，同時也是自我的征服。一個巓峯，就是一個大喜悅。那漫山的陽光跟雪光、那無邊無際的湛藍的長空、那羣山跟山下的綠野山村，那遼闊、那開曠，那使你感覺到滌除了身體中所有的糟粕的冷空氣，抵消了所有體力花用後所帶來的疲勞。這時候你想大叫高呼，一種將自己融化在自然的懷抱中的欲望好像把你抛進了高空。你差不多已經神昏目眩於這種征服的快感之中。夜來了，他們宿在簡陋的岩室中，一個個鑽進自己的被窩裡，然後彼此緊緊地廝靠著，借著彼此的體溫抵禦高山的嚴寒。

就在這次的機會中，她認識了阿藍，一個黃頭髮的小夥子。自從這次經驗以後，彌施琳愛上了爬山。第二年她又參加了，第三年又接著來，一次比一次的高，一次比一次爬的險。有一次彌施琳在冰坡上失了足，滑下了十幾公尺以外的一個岩壁。幸虧大家都是用繩子連好的，才不會直溜溜地摔進冰谷裡去。可是彌施琳的腳踝扭了，臉也擦傷了，進了好多天的醫院。第二年她仍然繼續爬，朋友們都說彌施琳眞是一隻野鴨子。

差不多每一個假期彌施琳都是在山地度過的，而好幾個假期又都是跟阿藍在一起。在彌施琳的家人及朋友們的眼中，阿藍已成了彌施琳的密友，對此彌施琳也從未否認。有一次度完了假回來，彌施琳忽然向她的父母宣布她已經結了婚。這又是野鴨之所以爲野鴨，連教堂也沒進，連父母朋友都沒有通知一聲，就這麼悄悄地結了婚。彌施琳的父母的心中自然有些歉然，但因爲早已習慣了她這種野鴨子脾氣，也只有滿臉堆笑地向女兒祝賀一番。

「阿藍怎麼不來？」彌施琳的父親問。

「阿藍？好幾個月沒見了。」野鴨若無其事地說。

這一下彌施琳的父親倒怔起來了。

「你們不是剛剛結了婚嗎？」

「結了婚是不錯的，可不是跟阿藍！」

這不但使彌施琳的父母，同時也使她的朋友們都大爲驚奇。眞是一隻野鴨子！原來彌施琳在這個假期中沒有去爬山，卻到法國南部海邊過了一個夏天。她偶然遇到了一個開藥房的藥劑師，兩人竟一見鍾情，就這麼決定了終身大事。

終身大事，這只是一般人的觀念，可不是彌施琳的。彌施琳是對諸事都不怎麼認眞的。生命不過是一個偶然，在這種轉瞬即逝的偶然中，如果再一絲不苟地斤斤計較起來，該有多麼荒唐可笑呢？因此彌施琳自覺不受一切成俗的拘束，她要自由自在地像一隻眞正的野鴨子。然而她竟也結了婚，雖說沒有走那些俗人所走的俗形式。可是結婚這件事，還不是跟人人做過的一樣嗎？大家都想彌施琳變了，野鴨子要變成老母雞了。女人，到頭來還不是理家生孩子那一套嗎？

誰知第二年的假期，野鴨子又使她的家人跟朋友們大吃一驚，覺得野鴨畢竟還是野性難改。原來彌施琳又跟阿藍雙雙到山地去度了一個愉快的假期。彌施琳自覺沒有什麼不對，自然也沒有隱瞞的必要。幸虧她那藥劑師的丈夫也不是個不識時務的人，太太回來以後，臉紅了一陣也就算了。倒是彌施琳自己不自在起來，她口口聲聲地吵著要離婚，非離婚不可，甚至一天也不肯多等的樣子。她忽然發現她愛的還是阿藍。她不是個自欺欺人的女人，她既然愛一個人，就不能跟另一個睡在一張床上。

第一次婚事吹了，阿藍又成了彌施琳的密友，可是他們並沒有宣布結婚。

這時候彌施琳已經在醫學院畢業了。阿藍也已經念完了公共建築學校，在尼斯任起工程師來。阿藍在尼斯一家醫院裡替彌施琳謀到一個職務，可是等了一星期、一個月，幾個月過去了，都沒有彌施琳的消息。這時候奈及利亞（Nigeria）的內戰正濃。又過了些時候，報載在比亞發（Biafra）的叢林裡發現了一具白種女醫生的屍體，是法國人，名字叫做彌施琳。不久，阿藍又在報上看到了一段彌施琳生前在奈及利亞答覆一家通訊社記者的談話。以下就是這次談話的內容：

記　者：您是剛到的那一批中的嗎？

彌施琳：你指的是哪一批算是剛到的呢？

記　者：就是前天從日內瓦來的那一批。據我知道，昨天跟今天航線又斷了。

彌施琳：不錯，就是那一批。一批？其實我們只有三個人。

記　者：啊！只有三個人？都是醫生嗎？

彌施琳：只有我一個醫生，另外有一個護士，一個是您的同行。

記　者：您是聯合國派來的嗎？

彌施琳：聯合國的組織幫了我個忙。

記　者：您的意思是說……

彌施琳：聯合國的組織安排的這次旅程。您知道，在目前這種情況下，到這裡來好不容易呢！

記　者：那麼您是志願軍了？

彌施琳：也可以這麼說吧！是我自個兒派我來的。

記　者：非常敬佩您的勇氣！

彌施琳：沒什麼。其實到了這裡才知道，這裡的危險並不像報上誇張的那麼大。您說是吧？

記　者：噢！那是看是什麼地方。阿巴克（Abak）一帶不是打得正熱嗎？

彌施琳：可不是！我可能明天就要趕到那邊去，聽說那邊有傳染病。

記　者：所以您是我所見的一個最有勇氣的醫生。普通的醫生都是寧願在巴黎、倫敦這種大都市裡工作的。

彌施琳：人和人的看法不全一樣嘛！

記　者：所以啦，到底是什麼力量使你到這種地方來的呢？

彌施琳：這倒很難說。也許是我厭倦了巴黎的生活，想換換環境。也許是我在報上看到這邊死了一大批孩子，沒有藥，沒有醫生，也沒有吃的。

記　者：你是天主教徒？信上帝的吧？

彌施琳：小時候我也受過洗，可是上中學以後就沒再進過教堂。

記　者：那您一定是人道主義者了？

彌施琳：人道主義？倒是個很好聽的名詞，不是嗎？說實話，我沒有仔細考慮過這個問題。我不是已經告訴過您，我自己也弄不清到底是什麼力量使我來的。可能只是因爲我厭倦了巴黎的生活。您想，大都市的生活有多舒服啊！在大都市裡賺錢是不難的。每頓飯我們不是都有酒、有乳酪嗎？假期不是去爬山啦，就是去游水啦，我們現代人的生活可眞是夠舒服了。不過太舒服了，又會叫人厭煩的，你說是不是？

記　者：這也言之成理。像我，我就喜歡東跑西竄的，可是離開大都市久了，又想回去看看呢！您不是這麼嗎？

彌施琳：也許您說得對，離開太久了，又想回去再過那樣的生活。可是我現在才剛剛來到這裡。

記　者：我應該請問您幾個實際一點的問題。您想，您怎麼開始工作呢？

彌施琳：我本來想到了就可以馬上工作的，可是到了這裡才知道事情並不這麼簡單。我得先跟當地的指揮官接頭，得看看哪裡最需要。同時也得請他派一個當地人跟我一起工作才行。

記　者：要是您見了指揮官，您是不是會成爲專治傷兵的軍醫呢？

彌施琳：那倒不一定。我看這個仗打得是軍民不分了。死的頂多的還是孩子。昨天我就看到一批孩子的屍體，丟在路邊的，瘦得只剩了一層皮，與其說是病死的，不如說是餓死的。現在我想，聯合國要是能派些麵包店的老闆來，大概比醫生還有效。

記　者：是啊！聽說有些給依包族（Ibos）人吃的，都落到政府軍的手裡了。

彌施琳：聽說政府軍越來越占優勢，英國跟蘇聯供給了一大批武器。

記　者：另一方面有美國支持啊！要不怎麼會拖得這麼久，打得這麼慘呢！這場仗眞算是無聊得很，是不是？都是黑人，不過是爲了點宗教上的口角、一點兒經濟利益；可是這點利益又並不在他們手裡。

彌施琳：噢！人還不都是一樣嗎？我就有時候想，大概我們人性裡有點什麼特別的東西，有點我們自己也不能控制的東西。我們是不能過安靜的日子的，如果眞有個天堂叫我們住進去，我們也非把它毀了不可。

記　者：可是您不是正做著相反的工作嗎？您是來救人的。

彌施琳：我？噢！來救人？也許可以這麼說，也許是正相反的呢！您知道，一個醫生給人治病常常是很機械的，不會老是考慮到哲學上跟道德上的問題。如果要細細地考慮起來，也許就不想再給人治病了呢！

記　者：可是一個人做事都有一個目的的吧？

彌施琳：那也未必。賺錢也是一種目的吧？可是我就認識一個人，是做珠寶生意的，錢眞賺得不少。您猜後來怎麼樣？這個人把賺的錢都換成金子，一下子都丟進大西洋裡去了。然後把槍口插進嘴裡，就那麼一下子都完了。

記　者：那將來恐怕會有一批到大西洋去淘金的人了？

彌施琳：還不都是一樣的結果！沙特對了，我們既然來到這個世界上，就得找點事情做，就得擔起一分責任。目的嗎，意義嗎，那是什麼也沒有的。

記　者：您似乎有點悲觀，不過您是有勇氣的。

彌施琳：眞正的悲觀跟樂觀都會給人勇氣，就怕灰溜溜的中間貨。活著懶懶的，死了懶懶的，就這麼半死不活地拖一輩子。您爬過山嗎？要是您爬過山的話，您就會了解我爲什麼遠遠地跑到這種地方來。爲了攀上一個險峯，我們不是豁著自己的生命嗎？爲了什麼呢？還不就是爲了攀上這個險峯嗎？我們本可以不攀的，本可以安安穩穩地躺在家裡睡大覺的。可是我們不，我們非攀不可，就是把自己摔碎了也非得上去不可。上去以後呢？還不就是上去了。爲了看風景？爲了吸口比山下新鮮的空氣？恐怕都不是！我看還是爲了自己——我是說爲了征服自己，征服那個你自己所瞧不起的自己。要是不幸摔死了，就兩眼一閉；摔不死呢，你就開始瞧得起自己一點了。啊！人原來並不是那麼渺小的，人也可以做點什麼，做點你明知道沒有什麼意義、沒有什麼目的的什麼。是，我是來比亞發爬山的呢！

記　者：噢，您說得眞好。您不只是個醫生，您也是個哲學家。謝謝您接受我們的訪問。我希望在您回法國以前再有機會跟您談一次。如果那時候不是我，一定是我的同事。祝您此行成功！

（附錄一）

馬森作品出版年表

小說

《巴黎的故事》

台北：寰宇出版社，一九七〇年（收錄其中四篇小說，原爲馬森、李歐梵合著《康橋踏尋徐志摩的蹤徑》）

香港：大學生活社，一九七二年十月（原書名爲《法國社會素描》）

台北：爾雅出版社，一九八七年十月

台南：文化生活新知出版社，一九九二年二月

台北：印刻出版公司，二〇〇六年四月

《生活在瓶中》

台北：四季出版社，一九七八年四月

台北：爾雅出版社，一九八四年十一月

台北：印刻出版公司，二〇〇六年四月

《孤絕》　台北：聯經出版公司，一九七九年九月
北京：人民文學，一九九二年二月（加收《生活在瓶中》）
台北：麥田出版社，二〇〇〇年八月

《夜遊》　台北：爾雅出版社，一九八四年一月
台南：文化生活新知出版社，一九九二年九月
台北：九歌出版社，二〇〇〇年十二月

《北京的故事》　台北：時報出版公司，一九八四年五月
台北：時報出版公司，一九九四年四月（紅小說二十七）

《海鷗》　台北：爾雅出版社，一九八四年五月

《M的旅程》　台北：時報出版公司，一九九四年三月（紅小說二十六）

戲劇

《腳色：馬森獨幕劇集》　台北：聯經出版公司，一九七八年（原書名爲《馬森獨幕劇集》）
台北：聯經出版公司，一九八七年
台北：書林出版公司，一九九六年

《我們都是金光黨／美麗華酒女救風塵》　台北：書林出版公司，一九九七年

散文

《愛的學習》 台北：爾雅出版社，一九八六年九月，（原書名爲《在樹林裡放風箏》）

《墨西哥憶往》 台南：文化生活新知出版社，一九九一年三月
台北：圓神出版社，一九八七年八月
香港：盲人協會，一九八八年（盲人點字書及錄音帶）

《大陸啊！我的困惑》 台北：聯經出版公司，一九八八年七月

《馬森作品選集》 台南：台南市立文化中心，一九九五年四月

《追尋時光的根》 台北：九歌出版社，一九九九年五月

論文

《馬森戲劇論集》 台北：爾雅出版社，一九八五年

《文化、社會、生活：馬森文論一集》 台北：圓神出版社，一九八六年

《東西看：馬森文論二集》 台北：圓神出版社，一九八六年

《電影　中國　夢》 台北：時報出版公司，一九八七年

《中國民主政制的前途：馬森文論三集》 台北：圓神出版社，一九八八年

《繭式文化與文化突破：馬森文論四集》台北：聯經出版公司，一九九〇年
《當代戲劇》台北：時報出版公司，一九九一年
《中國現代戲劇的兩度西潮》台南：文化生活新知出版社，一九九一年
《東方戲劇．西方戲劇》台南：文化生活新知出版社，一九九二年
《西潮下的中國現代戲劇》台北：書林出版公司，一九九四年
《燦爛的星空——現當代小說的主潮》台北：聯合文學出版社，一九九七年
《戲劇——造夢的藝術》台北：麥田出版社，二〇〇〇年十一月
《文學的魅惑：馬森文論六集》台北：麥田出版社，二〇〇二年四月

（附錄二）

馬森著作年表

一九五八 〈莊子書錄〉台灣師範大學國文研究所集刊第二期，頁二四三—三三六。

一九五九 〈世說新語研究〉（論文）國立台灣師範大學國研所。

一九六三 *L'industrie cinématographique chinoise après la seconde guerre mondiale*（論文）Institut des Hautes Études Cinématographiques, Paris.

一九六五 "Évolution des charactères, chinois", *Sang Neuf* (Les Cahiers de l'Ecole Alsacienne, Paris), No. 11, pp. 21-24.

一九六八 "Lu Xun, iniciador de la literatura china moderna", *Estudios Orientales*, El Colegio de Mexico, Vol. III, No. 3, pp. 255-274.

一九七〇 〈在巴黎的一個中國工人〉、〈法國的小農生活〉、〈保羅與佛昂淑娃絲〉、〈安娜的夢〉（社會素描）收入《康橋踏尋徐志摩的踪徑》台北寰宇出版社，頁四八—一〇二。

"Mao Tse-tung y la literatura: teoria y practica", *Estudios Orientales*, Vol. V. No. 1, pp. 20-37.

一九七一 *La casa de los Liu y otros cuenos*（老舍短篇小說西譯選編）El Colegio de Mexico, Mexic, 125p.

"La literatura china moderna y la revolucion", *Revista de Universitad de Mexico*, Vol. XXXVI, No. 1, pp.15-24.

"Problems in Teaching Chinese at El Celegio de Mexico", *Journal of the Chinese Language Teachers Association in North America*, Vol. VI, No. 1, pp.23-29.

〈論老舍的小說〉《明報月刊》第六卷第八期，頁三六—四三；第九期，頁七七—八四。

一九七二 《法國社會素描》香港大學生活社，一四六頁。

〈兩個世界、兩種文化〉（評論）收入《風雨故人》台北晨鐘出版社，頁八七—九〇。

一九七五 〈癌症患者〉（短篇小說）收入朱西甯編《當代中國小說大展》（第一輯）台北時報出版公司，頁三五三—三七九。

一九七六 〈癌症患者〉收入朱西甯編《中國現代文學年選》台北巨人出版社，頁一〇〇—一一七。

一九七七 *The Rural People's Communes 1958-1965: A Model of Social and Economic Development*（博士論文）University of British Columbia, Vancouver, Canada.

一九七八 《馬森獨幕劇集》台北聯經出版事業公司，二一五頁。

《生活在瓶中》（長篇小說）台北四季出版公司，二九六頁。

〈序王敬羲等著《香港億萬富豪列傳》〉香港文藝書屋，頁一—七。

一九七九 《孤絕》（短篇小說集）台北聯經出版事業公司，二〇〇頁。

一九八〇 〈康教授的囚室〉（短篇小說）收入《小說工作坊》台北聯合報社，頁四一—六一。

〈聖者、盜徒讓·惹奈(Jean Genet)〉《幼獅文藝·法國文學專號》第三二四期，民國六十九年二月，頁八一—九一。

〈滑稽，還是無言之詩——馬歇·馬叟（Marcel Marceau）的啞劇藝術〉《幼獅文藝·戲劇專號》第三二四期，民國六十九年十二月，頁一五九—一七一。

一九八一 〈康教授的囚室〉收入《聯副卅年文學大系》（小說卷6）台北聯合報社，頁四一—六一。

一九八二 〈話劇的既往與未來——從《荷珠新配》談起〉（評論）收入《蘭陵劇坊的初步實驗》台北遠流出版公司，頁八九—一〇〇。

〈隱藏在本土的一塊美玉——論七等生的小說〉《時報雜誌》第一四三期，民國七十一年八月二十九日，頁五三—五五；第一四四期，民國七十一年九月五日，頁五三—五四。

一九八三 〈孤絕〉、〈康教授的囚室〉收入《台灣小說選講》（下）上海復旦大學出版社，頁三二六三

—二九二。

一九八四
〈等待來信〉（短篇小說）收入《海外華人作家小說選》香港三聯書店，頁二二〇—二二九。
《夜遊》（長篇小說）台北爾雅出版社，三六三頁。
〈尋夢者〉（短篇小說）收入《七十二年短篇小說選》台北爾雅出版社，頁二六一—二六九。
《北京的故事》（短篇寓言）台北時報出版公司，三〇九頁。
《海鷗》（短篇小說集）台北爾雅出版社，一九六頁。
《生活在瓶中》（新版）台北爾雅出版社，二一一頁。
〈記大英圖書館〉（報導）收入《大書坊》台北聯合報社，頁一五一—一五七。
〈序隱地《心的掙扎》〉台北爾雅出版社，頁七—一〇。

一九八五
《七十三年短篇小說選》（編評）台北爾雅出版社，二七八頁。
〈中國現代小說與戲劇中的「擬寫實主義」〉《新書月刊》第十九期，民國七十四年四月，頁一四—二〇。
《馬森戲劇論集》台北爾雅出版社，三七九頁。

一九八六
《文化．社會．生活》（馬森文論一集）台北圓神出版社，二一九頁。
〈電影對小說的影響——評《小鎮醫生的愛情》〉（評論）《聯合文學》第十五期，民國七十五年一月，頁一六八—一七二。

一九八七

〈序陳少聰譯著《柏格曼與第七封印》〉台北爾雅出版社，頁一—九。

〈遠帆〉（短篇小說）收入《希望我能有條船》台北爾雅出版社，頁一—三四。

《在樹林裡放風箏》（哲理小品）台北爾雅出版社，二〇一頁。

《東西看》（馬森文論二集）台北圓神出版社，二四五頁。

〈我的房東〉收入《海的哀傷》（海外作家散文選）台北希代書版公司，頁一五九—一六八。

《電影　中國　夢》（評論）台北時報出版公司，二九八頁。

〈緣〉（散文）收入龍應台《野火集外集》台北圓神出版社，頁二八九—二九五。

"L'Ane du père Wang"刊於法國雜誌 *Aujourd'hui la Chine*, No.44, pp.54-56.

《墨西哥憶往》（散文）台北圓神出版社，一九六頁。

〈一抹慘白的街景〉（短篇小說）收入《街景之種種》台北道聲出版社，頁一一—三一。

〈電影對小說的影響〉（評論）收入《七十五年文學批評選》台北爾雅出版社，頁一〇一—一一四。

《腳色》（劇作集）台北聯經出版事業公司，二九一頁。

《巴黎的故事》（短篇小說）台北爾雅出版社，一九八頁。

一九八八

《中國民主政制的前途》（馬森文論三集）台北圓神出版社，二九六頁。

《大陸啊！我的困惑》（隨筆）台北聯經出版事業公司，一七八頁。

《樹與女》（當代世界短篇小說選，編）台北爾雅出版社。三〇八頁。

〈鴨子〉（短篇小說）收入《中國當代短篇小說選》香港新亞洲文化基金會，頁一一〇—一二四。

《墨西哥憶往》（盲人點字書與錄音帶）香港盲人協會

〈世界文學新象——現代小說的發展趨勢〉（演講）收入《講座專輯》（3）台中市立文化中心，頁七二—八三。

一九八九

"Father Wang's Donkey"（translated by Michael Bullock）, *PRISM International*, Canada, January, Vol.27. No.2, pp.8-12.

"The Theatre of the Absurd in Mainland China: Gao Xingjian's *The Bus Stop*", *Issues & Studies*, Vol, 25, No. 8, pp. 138-148.

〈迷失的湖〉（短篇小說）收入《愛情的顏色》台北合志文化公司，頁一三三—一五八。

〈旋轉的木馬〉（短篇小說）收入《愛情的顏色》台北圓神出版社，頁四一—五九。

〈父與子〉（短篇小說）收入《親情之書》台北林白出版社，頁一三五—一四七。

〈父與子〉、〈孤絶〉（短篇小說）收入《中華現代文學大系》（小說卷貳）台北九歌出版社，頁五二七—五五一。

〈花與劍〉（劇作）收入《中華現代文學大系》（戲劇卷壹）台北九歌出版社，頁一〇七—一三五。

〈電影對小說的影響〉（評論）收入《中華現代文學大系》（評論卷壹）台北九歌出版社，頁五六一—五七〇。

《國學常識》（與邱燮友等合著）台北東大圖書公司，六一三頁。

〈生年不滿百〉、〈愛的學習〉、〈快樂〉、〈多一點與少一點〉、〈漫步在星雲間〉（散文）收入《向未來交卷》台中晨星出版社，頁一七七—一八五。

一九九〇

《繭式文化與文化突破》（馬森文論四集）台北聯經出版事業公司，二三六頁。

"The Celestial Fish"（translated by Michael Bullock）, *PRISM International*, Canada, January 1990, Vol.28. No.2, pp.34-38.

〈雲的遐想〉、〈在樹林裡放風箏〉（散文）收入《台灣當代散文精選》①台北新地文學出版社，頁二〇九—二一一。

〈兩次苦澀的經驗〉（散文）收入《人生五題》台北正中書局，頁一〇〇—一〇七。

〈藝術的退位與復位——序高行健《靈山》〉台北聯經出版事業公司，頁一——一二。

〈中國現代戲劇的兩度西潮——從台灣的舞台發展說起〉收入《台灣香港暨海外華文文學論文選》福州海峽文藝出版社，頁一八二——一九五。

"The Anguish of a Red Rose"(translated by Michael Bullock), *MAT RIX* (Toronto, Canada), Fall 1990. No. 32, pp. 44-48.

〈中國大陸的荒謬劇——以高行健的《車站》為例〉（論文）《文訊》第五十八期，頁七三——七六；第五十九期，頁八四——八六，民國七十九年八月九日。

〈演員劇場與作家劇場〉（論文）《中外文學》第十九卷第五期，民國七十九年十月，頁六七——八六。

〈燈下〉（故事）收入劉小梅編《攀登生命的高峰》台北業強出版社，頁九七——一〇一。

一九九一

《愛的學習》（馬森文集·散文卷1）台南文化生活新知出版社，二七九頁。

〈兒子的選擇〉（極短篇）收入《爾雅極短篇》台北爾雅出版社，頁四一——四四。

〈西潮東漸與中國新劇的誕生〉（論文）《文訊》第六十四期，頁五八——六二；第六十五期，頁五一——五三，民國八十年二月及三月。

〈台灣早期的新劇運動〉（論文）《新地》第二卷第二期，民國八十年六月五日，頁一七二—一九二。
《當代戲劇》（戲劇論集）台北時報文化出版公司，三五〇頁。
《中國現代戲劇的兩度西潮》（馬森文集．戲劇卷1）台南文化生活新知出版社，四一一頁。
〈在樹林裡放風箏〉、〈雲的遐想〉（散文）收入《台灣藝術散文選》（二）天津百花文藝出版社，頁二二一—二三〇。
《當代最佳英文小說》導讀I（與熊好蘭合編合譯）台南文化生活新知出版社，二二七頁。
《當代最佳英文小說》導讀II（與熊好蘭合編合譯）台南文化生活新知出版社，二一七頁。
〈序張啓疆《如花初綻的容顏》〉台北聯合文學出版社，頁一—四。
"Thoughts on the Curent Literary Scene", *Rendition* (A Chinese-EnglishTranslation Magazine), Nos. 35&36, Spring & Autumn 1991, pp. 290-293.
〈序蔡詩萍《三十男人手記》〉台北聯合文學出版社，頁一—九。
〈中國文學中的戲劇世界〉（演講）收入《人生的知慧》（文化講座專輯2）台南縣立文化中心，頁一八一—一九一。

〈演員劇場與作家劇場〉（論文）收入《文學與美學》第二集　台北文史哲出版社，頁三一一—三二八。

《小王子》（翻譯法國聖修伯里原著）台南文化生活新知出版社，一一八頁。

〈放在天空中的風箏：談社會學與文學〉（電視演講）收入《文學與人生》華視文化公司，頁八三—一一五。

〈兒子的選擇〉（散文）收入江兒編《快樂藍調》台中晨星出版社，頁二七—三〇。

"The Theater of the Absurd in Mainland China: Kao Hsing-chien's *The Bus Stop*" in Bih-jaw Lin (ed.), *Post-Mao Sociopolitical Changes in Mainland China: The Literary Perspective*, Taipei, Taiwan, National Chengchi University, pp. 139-148.

一九九二

《巴黎的故事》（馬森文集・小說卷１）台南文化生活新知出版社，一九〇頁。

《夜遊》（馬森文集・小說卷２）台南文化生活新知出版社，四一三頁。

〈「台灣文學」的中國結與台灣結——以小說為例〉（評論）《聯合文學》第八十九期，民國八十一年三月，頁一七三—一九三。

〈序王雲龍《鄉土台灣》〉台南文化生活新知出版社，頁一—二。

〈尋夢者〉（短篇小說）收入《洪醒夫小說獎作品集》台北爾雅出版社，頁二一—二九。

〈我在師大的日子〉（散文）收入《繁華猶記來時路》台北中央日報出版部，頁九七—一○四。

《孤絕》（台灣當代名家作品精選集．小說系列）北京人民文學出版社，一六四頁。

《東方戲劇．西方戲劇》（馬森文集．戲劇卷2）台南文化生活新知出版社，四二九頁。

〈情境的魅力〉（評論）收入《極短篇美學》台北爾雅出版社，頁一一九—一二三。

《潮來的時候》（台灣及海外作家新潮小說選，與趙毅衡合編）台南文化生活新知出版社，三二七頁。

《弄潮兒》（中國大陸作家新潮小說選，與趙毅衡合編）台南文化生活新知出版社，三六九頁。

〈給兒子的一封信〉（散文）收入《拿世界來換你》台中晨星出版社，頁九七—一○三。

〈現代小說的一些流派〉（演講）收入《傾聽與關愛——文化講座專輯3》新營台南縣立文化中心，頁一五二—一六八。

〈中國現代舞台上的悲劇典範——論曹禺的《雷雨》〉（論文）《成大中文學報》第一期，民國八十一年十一月，頁一○七—一二四。

一九九三

〈「台灣文學」的中國結與台灣結——以小說為例〉（評論）收入《當代台灣文學評論大

系．文學現象》台北正中書局，頁一七三—二二三。

〈電影對小說的影響——評《小鎮醫生的愛情》〉（評論）收入《當代台灣文學評論大系．小說批評》台北正中書局，頁四四五—四五五。

〈台灣文學中的中國結與台灣結〉（演講）收入《講座專輯八》高雄市立中正文化中心管理處，頁一二一—一七二。

〈文化的躍升〉（舞評）收入《雲門舞話》台北雲門舞集基金會，頁二〇七—二一三。

〈台灣文學的地位〉（評論）《當代》第八十九期，民國八十二年九月，頁五六—六八。

〈現代戲劇〉（導讀）收入邱燮友等編著《國學導讀》（五）台北三民書局，頁三三五—三八一。

一九九四

《M的旅程》（短篇小說集）台北時報出版公司，二一二頁。

《北京的故事》（新版）台北時報出版公司，二六四頁。

〈序裴在美《無可原諒的告白》〉台北聯合文學出版社，頁五—一一。

〈序李苑怡Innocent Blues〉作者自印，頁一—四。

〈現代戲劇〉（講稿）收入《文藝休閒說帖》國立彰化師範大學，頁一三七—一四六。

〈桂林之美，灕江水〉（散文）收入瘂弦編《散文的創造》（上）台北聯經出版事業公司，頁六二—六四。

《西潮下的中國現代戲劇》台北書林出版公司，四一七頁。

《中國話劇的分期》、《中國現代舞台上的悲劇典範——論曹禺的《雷雨》》（論文）收入黃維樑編《中國現代文學論文集》香港公開進修學院，頁二九三—三三七。

《對「後現代劇場」的再思考與質疑》（評論）《中外文學》二七一期，頁七二—七七。

《窖鏹》（短篇小說）收入鄭麗娥編《當代小說家精選集：露水》台北時報文化出版公司，頁四一—四八。

一九九五

《馬森作品選集》台南文化中心，四三三頁。

《哈哈鏡中的映象——三十年代中國話劇的擬寫實與不寫實：以曹禺的《日出》為例》（論文）收入《中國現代文學國際研討會論文集：民族國家論述——從晚清、五四到日據時代台灣新文學》中央研究院中國文哲研究所籌備處，頁二六五—二八一。

《台灣現代戲劇五十年》（論文）《聯合文學》第十一卷第十二期（一三二），頁一五八—一七二。

《城市之罪——論現代小說的書寫心態》（論文）收入鄭明娳主編《當代台灣都市文學論》台北時報文化出版公司，頁一七九—二〇三。

〈邊陲的反撲：評三本「新感官小說」〉（書評）《中外文學》十二月第二十四卷第七期（二八三），頁一四〇—一四五。

〈後現代在哪裡？——讀馬建《九條叉路》〉（書評）《聯合文學》十二月號第十二卷第二期（一三四），頁一三六—一三七。

一九九六

〈評鍾明德《從寫實主義到後現代主義》〉（書評）《中外文學》一月第二十四卷第八期（二八四），頁一四四—一四九。

《腳色》（修訂新版）台北書林出版公司，三六〇頁。

〈誰來為張愛玲定位？——評《張愛玲小說的時代感》〉（書評）《中外文學》三月號第二十四卷第十期（二八六），頁一五五—一五九。

〈八〇年來台灣現代戲劇的西潮與鄉土〉（論文）《成大中文學報》第四期，頁九五—一〇八。

〈八〇年以來的台灣小劇場運動〉（論文）《中文外學》五月第二十四卷第十二期（二八八），頁一七—二五。

《我們都是金光黨》（劇作）《聯合文學》六月號第十二卷第八期（一四〇），頁一一七—一五五。

〈現代舞台劇的語言〉（論文）收入彭小妍編《認同、情慾與語言》，中央研究院中國文哲研究所籌備處，頁二二一—二三二。

〈掉書袋的寓言小說——評西西《飛氈》〉（書評）《聯合文學》八月號第十二卷第十期（一四二），頁一六八—一七〇。

〈講不完的北京的故事〉（序《北京鳥人》）台北新新聞文化公司，頁五—一一。

〈序朱少麟《傷心咖啡店之歌》〉台北九歌出版社，頁一—九。

〈從寫作經驗談小說書寫的性別超越〉（論文）收入鄭振偉編《女性與文學：女性主義文學國際研討會論文集》香港嶺南學院現代中文文學研究中心，頁一一五—一二三。

〈有關牟宗三先生的幾件小事〉（散文）收入蔡仁厚、楊祖漢主編《牟宗三先生紀念集》台北東方人文學術研究基金會，頁四七九—四八二。

一九九七

Flower and Sword (Play Translated by David Pollard) in Martha P.Y. Cheung and Jane C. C. Lai (ed.), *Contemporary Chinese Drama*, Hong Kong,Oxford University Press, pp. 353-374.

〈尤乃斯柯與聯副〉收入瘂弦主編《衆神的花園——聯副的歷史記憶》台北聯經出版公司，頁一六七—一七〇。

〈中國現代戲劇的曙光——追悼曹禺先生〉《聯合文學》一月號第十三卷第四期（148），

頁一〇七—一一一。

〈自剖與獨白——序林明謙《掛鐘、小羊與父親》〉台北皇冠文化出版公司，頁三—八。

〈性與關於性的書寫：評鄭清文《舊金山、一九七二—一九七四的美國學校》〉《中外文學》三月號第二十五卷第十期（298），頁二三—二七。

〈五四前後文學社團的蠭起與發展〉《中國現代文學理論季刊》第五期，頁三八—五一。

〈鄉土VS.西潮——八〇年以來的台灣現代戲劇〉（論文）收入國立台灣師範大學主編《第二屆台灣本土文化國際學術研討會論文集——台灣文學與社會》國立台灣師範大學，頁四八三—四九五。

〈王敬羲的小說——序王敬羲《囚犯與蒼蠅》〉廣州花城出版社，頁一—五。

〈唯美作家沈從文的小說〉（論文）《成功中文學報》第五期，頁三〇三—三二〇。

《我們都是金光黨／美麗華酒女救風塵》（劇作）台北書林出版公司，一六四頁。

〈姚一葦的戲劇〉（評論）《聯合文學》二月號第十三卷第八期（152），頁五一—五五。

〈現代戲劇〉（史述）收入《中華民國史文化志（初稿）》國史館編印，頁六七一—七一八。

《二十世紀中國新文學史》（與皮述民、邱燮友、楊昌年合著）板橋駱駝出版社，七六六頁。

《燦爛的星空——現當代小說的主潮》（評論集）台北聯合文學出版社，三七七頁。

一九九八

〈從寫實主義到現代主義：論郁達夫小說的承傳地位〉（論文）《成功大學學報》第三十二卷，頁二九—四二。

〈寫實小說中的方言——以朱西甯的小說為例〉（評論）五月香港《純文學》復刊第一期，頁三七—四一。

〈從女性解放到回歸傳統——《莎菲女士的日記》及其他〉（評論）六月香港《純文學》復刊第二期，頁三一—三七。

〈沈從文以文字作畫〉（評論）十月香港《純文學》復刊第六期，頁六六—七四。

〈台灣小劇場的回顧與前瞻〉（論文）十一月香港《純文學》復刊第七期，頁五二—六二。

主編「現當代名家作品精選」，板橋駱駝出版社出版。首批出版胡適等著《文學與革命》、魯迅著《狂人日記》、郁達夫著《春風沉醉的晚上》、周作人著《神話與傳統》。繼出版丁西林著《親愛的丈夫》、茅盾著《林家鋪子》、沈從文著《邊城》、徐志摩著《徐志摩情詩》。

一九九九

〈台灣小劇場的回顧與前瞻〉（第二屆華文戲劇節研討會論文）上海《戲劇藝術》一九九九年第一期（總87期），頁二七—三三。

〈序李郁《天狼星上昇》〉桃園大麥出版社。

〈紀念老舍先生——為「老舍先生百年紀念」而寫〉香港《純文學》復刊第十期，頁九八—一〇三。

〈二度西潮的弄潮人——論姚一葦《姚一葦戲劇六種》〉（評論）收入陳義芝編《台灣文學經典研討會論文集》台北聯經出版公司，頁四一五—四二四。

主編「現當代名家作品精選」系列：老舍《駱駝祥子》、丁玲《莎菲女士的日記》、老舍《茶館》、林海音《春風》、朱西甯《朱西甯小說精品》、陳若曦《清水嬸回家》、洛夫《形而上的遊戲》板橋駱駝出版社。

〈序石光生《石光生散文集》〉台南市文化中心。

《追尋時光的根》（散文集）台北九歌出版社，二七二頁。

〈綠天與棘心——敬悼蘇雪林老師〉香港《純文學》復刊第十四期，頁六一—六三。

〈一種另類的現代文學史觀——論蘇雪林教授《中國二三十年代作家》〉（紀念蘇雪林教授兩岸學術研討會論文）《聯合文學》第十五卷第十二期（180），頁一三八—一四四。

二〇〇〇

〈含苞待放——二十世紀的台灣現代戲劇〉（史述）《文訊》第一六九期，頁二六—三四。

〈現代戲劇在台灣的美學走向〉（論文）收入《東方美學學術研討會論文集》國立歷史博物館出版，頁一七三—一九二。

〈尋夢者〉（短篇小說）收入王德威編《爾雅短篇小說選》第二集，台北爾雅出版社，頁三五七—三六四。

〈西潮的中斷——抗戰時期的純文學〉（史述）《聯合文學》第十六卷第九期（189），頁二二一—二二六。

〈台灣小劇場的回顧與前瞻〉（第二屆華文戲劇節——香港1998——研討會論文）收入方梓勳編《新紀元的華文戲劇——第二屆華文系季節（香港1998）研討會論文集》香港戲劇協會、香港戲劇工程出版，頁八九—九九。

《孤絕》（短篇小說集，新版）台北麥田出版社，二六八頁。

〈從現代主義到後現代主義——台灣「新戲劇」以來的美學商榷〉（第三屆華文戲劇節研討會論文）《聯合文學》第十六卷第十一期（191），頁六八—七八。

〈天魚〉（短篇小說）收入張曉風編《小說教室》台北九歌出版社，頁二五九—二六七。

〈情色與色情文學的社會功用〉（論文）收入國立台灣師範大學國文系主編《解嚴以來台灣文學國際學術研討會論文集》台北萬卷樓圖書公司，頁一七三—一九二。

〈一種另類的現代文學史觀——論蘇雪林教授《中國二三十年代作家》〉（論文）收入杜英賢主編《海峽兩岸蘇雪林教授學術研討會論文集》，高雄財團法人亞太綜合研究院、永達技術學院出版，頁二四五—二六二。

《戲劇——造夢的藝術》（馬森文論五集）台北麥田出版社，四〇〇頁。

《小王子》（翻譯法國聖修伯里原著，新版）台北聯合文學出版社，一七二頁。

《夜遊》（長篇小說，新版）台北九歌出版社，四〇六頁。

二〇〇一 "The Theatre of the Absurd in China: Gao Xingjian's *Bus-Stop*" in Kwok-kan Tam (ed.),*Soul of Chaos: Critical Perspectives on Gao Xingjian*, Hong Kong, The Chinese University Press, pp.77-88.

《陽台》（劇作）《中外文學》第三十卷第一期，頁一八二—一九一。

《窗外風景》（劇作）《聯合文學》第十七卷第九期（201），頁一三一—一四八。

〈中國現代文學的兩度西潮〉，南京大學主辦「中國現代文學傳統國際學術研討會」論文。

二〇〇二 《文學的魅惑——馬森文論六集》台北麥田出版社，三九六頁。

《蛙戲》（兩景九場歌舞劇）前半部在《自由時報副刊》發表。

《台灣戲劇：從現代到後現代》佛光人文社會學院出版，三〇〇頁。

〈綠波橫渡〉（橫渡日月潭紀實）《聯合報副刊》。

〈從現代主義到後現代主義——台灣「新戲劇」以來的美學商榷〉，收入《華文戲劇的根、枝、花、果——第三屆華文戲劇節學術研討會論文集》，頁二四五—二六一。

《從符號學的觀點看荒謬劇的典範變革：後現代美學的濫觴》，《佛光人文社會學刊》第三期，頁六七—七七；收入台灣藝術大學《海峽兩岸及香港地區當代劇場研討會論文集》，頁六三—七六。

〈一個失去的時代〉收入李瑞騰、夏祖麗主編《一座文學的橋——林海音先生紀念文集》，頁九一—九三。

〈中國現代文學的兩度西潮〉，收入南京大學中國現代文學研究中心主編《中國現代文學傳統》，北京人民文學出版社，頁一七八—一八七。

二〇〇三

〈呱〉（短篇小說）《聯合文學》第二二九期，頁五七—六三。

〈美好的時光〉（短篇小說）在《中國時報人間副刊》發表。

〈跨世紀台灣小說成績單〉（九歌《中華文學大系1990-2003•小說卷》序言）在《自由時報副刊》發表。

〈何處是吾家？〉在《聯合報副刊》發表。

《在大蟒的肚裡》（劇作）收入王友輝、郭強生主編《戲劇讀本》，台北二魚文化，頁三六六—三七九。

二〇〇四

〈小說卷序〉《中華文學大系1990-2003》，台北九歌出版社。

〈北京的時代新女性〉，張抗抗長篇小說《作女》序，台北九歌出版社。

「府城的故事」系列前三篇〈迷走的開元寺〉、〈煞土臨門〉、〈無可迴轉的時光〉在《印刻文學生活誌》第六期發表。

〈美好的時光〉收入顏崑陽主編九歌《九十二年散文選》，台北九歌出版社，頁三六五—三六九。

〈台灣現代戲劇五十年〉（論文）收入中國文化大學中文系所主編《回顧兩岸五十年文學學術研討會論文集》上冊，中國文化大學出版部，頁一四七—一八二。

「府城的故事」〈來去大億麗緻〉在《中國時報人間副刊》發表。

「府城的故事」〈蟑螂〉在《聯合報副刊》發表。

〈為台灣「苦難靈魂」發聲〉，石光生劇作《福爾摩SARSs／2003我們不是這樣長大的／2002》序，台北書林出版公司。

（附錄二）

相關評論及訪談索引

童大龍，〈情緒與昇華〉，《書評書目》六十六期，一九七八年十月。

作者不詳，《文化貴族》三期，一九八八年四月。

INK PUBLISHING

馬森小說集 1

巴黎的故事

作　　者　馬　森
內頁繪圖　席慕蓉
總 編 輯　初安民
責任編輯　施淑清
美術編輯　張薰芳
校　　對　吳美滿　施淑清　馬森

發 行 人　張書銘
出　　版　INK印刻出版有限公司
台北縣中和市中正路800號13樓之3
電話：02-22281626
傳真：02-22281598
e-mail:ink.book@msa.hinet.net
法律顧問　林春金律師

總 代 理　成陽出版股份有限公司
業務部／訂書電話：02-22256562　訂書傳真：02-22258783
訂書地址：台北縣中和市中正路800號11樓之2
e-mail：rspubl@sudu.cc
網址：舒讀網http://www.sudu.cc
物流部／電話：03-3589000　傳真：03-3581688
退書地址：桃園市春日路1490號
郵政劃撥　19000691 成陽出版股份有限公司
門市地址　106台北市新生南路三段96-4號1樓
門市電話　02-23631407
印　　刷　海王印刷事業股份有限公司

出版日期　2006年4月 初版
ISBN 986-7108-28-0
定價　220元

國家圖書館出版品預行編目資料

巴黎的故事／馬森著.--初版，--
臺北縣中和市：INK印刻，2006〔民95〕
面；　公分（馬森小說集；1）

ISBN 986-7108-28-0（平裝）

857.63　　95004658